當時的某人

あの頃の誰か

東野圭吾
Higashino Keigo

劉姿君 譯

當時的某人

Contents

由不屈的堅持所淬煉出的奇蹟

總導讀　林依俐

如果你問我，東野圭吾是位什麼樣的作家？

我會回答你，他是位不幸的作家。

你一定會覺得奇怪，光是以《嫌疑犯X的獻身》（二〇〇五）一書，便幾乎囊括了二〇〇六年日本推理文學相關獎項，同書在日本的銷售量更是打破五十萬大關的「暢銷作家」東野圭吾，怎會有什麼不幸可言？

在說明之前，請讓我先簡單介紹一下東野圭吾這位作家。

東野圭吾一九五八年生於大阪，大學畢業後進入汽車零件製作公司擔任工程師。由於希望在工作以外，也能在私生活之中有個較爲不同的目標，所以開始著手撰寫推理小說，投稿日本推理文學代表性的公開徵選長篇小說獎「江戶川亂步獎」。

這並不是東野第一次寫推理小說。早在他十六歲的時候，由於看了小峰元的作品《阿基米德借刀殺人》（一九七三，第十九屆江戶川亂步獎作品）大受感動，之後又讀了松本清張的《點與線》（一九五八）、《零的焦點》（一九五九）等作品。一頭推理熱的他便曾試著撰寫長篇推理小說，而且第一作還是以重大社會問題爲主題。然而由於完成於大學時期的第二作被周遭朋友嫌棄，「寫小說」這件事便從他的生活之中消失了好一陣子。

而獲得亂步獎的夢想讓東野重拾筆桿。在歷經兩次落選後，他的第三次挑戰——以發生在女子高中校園裡的連續殺人事件爲主軸展開的青春推理《放學後》（一九八五）——成功奪下了第三十一屆江戶川亂步獎。之後他很快地辭了工作，前往東京致力於寫作。自從一九八五年《放學後》出版以後，東野圭吾幾乎是每年都會有一到三部甚至更多的新作問世。他不但是個著作等身的多產作家，其筆下的內容也橫跨了推理、幽默、科幻、歷史、社會諷刺等，文字表現平實，但手法卻絲毫不拘泥於形式，多變多樣。

看到這裡，如果你對於近年的日本推理有一定程度的了解，或許你會聯想到宮部美幸——多采的文風、平實的敘述、充滿令人訝異的意外性；但是在兩者之間卻又有著決定性的不同。

那就是——相對於宮部美幸出道約二十年來，陸續囊括高達十項的日本各式文學獎，筆下著作本本暢銷；東野圭吾卻是一直與日本的各式文學獎項擦肩而過，且眞正開始被稱爲「暢銷作家」，也是出道後過了十多年的事。

實際上在《嫌疑犯X的獻身》同時獲得直木獎與本格推理大獎，並且達成日本推理小說三大排行榜——「這本推理小說了不起！」、「本格推理小說ＢＥＳＴ10」、「週刊文春推理小說ＢＥＳＴ10」——前所未有的三冠王之前，東野出道二十年來所寫下的六十本小說（包含短篇集）裡，除了在一九九九年以《祕密》（一九九八）一書獲得第五十二屆日本推理作家協會獎之外，其他作品雖然一再入圍直木獎、吉川英治文學新人獎等獎項，卻總是鎩羽而歸。

在銷售方面，他也不是那種只要出書就大賣的暢銷作家。在打著「江戶川亂步獎」招牌的出道作《放學後》創下十萬冊的銷售紀錄之後（江戶川亂步獎作品通常都能賣到十萬冊），整整歷經了十年，東野才終於以《名偵探的守則》（一九九六）打破這個紀錄，而眞正能跟「暢銷」兩字確實結緣，則是在《祕密》之後的事了。

或許是出道作《放學後》帶給文壇「青春校園推理能手」的印象過於深刻，東野圭吾本人雖然一直想剝下這個標籤，過程卻不太順利。書評家們往往不是很關心他在寫作上的新挑戰。這也難怪，在東野出道後兩年，也就是一九八七年，以綾辻行人等年輕作家爲首，提倡復古新說推理小說的「新本格派」盛大興起。從文風與題材選擇看來，東野圭吾作品用字簡單，謎題不求華麗炫目，內容既不夠社會派又不像新本格，自然不會是書評家們熱心關注的對象。

就這樣出道十餘年，雖然作品一再入圍文學獎項，卻總是未能拿到大獎；多少有機會再版，卻總是無法銷售長紅；傾注全力的自信之作，卻連在雜誌的書評欄都占不到個像樣的位置。

所以我才會說，東野圭吾是個不幸的作家。說眞話這何止是不幸，實在是坎坷，簡直像是不當的拷問。

在獲得江戶川亂步獎後，抱著成爲「靠寫作吃飯」之職業作家的決心，東野圭吾辭去了在大阪的穩定工作來到了東京。這個決定使得他沒有退路，不管遭遇什麼樣的挫折，都只能選擇前進。於是只要有機會寫，東野圭吾幾乎什麼都寫。

二〇〇五年初，個人有幸得以見到東野圭吾本人並進行訪談時，曾經談到關於他剛出道不久時，在推理小說的範疇內不斷挑戰各式題材時期之心境。他是這麼回答的：

「那時的我只是非常單純地覺得自己必須持續寫下去，必須持續地出書而已。只要能夠持續出書，就算作品乏人問津，至少還有些版稅收入可以過活；只要能夠持續地發表作品，至少就不會被出版界忘記。出道後的三、五年裡，我幾乎都是以這種態度在撰寫作品。」

不過畢竟是背負著亂步獎的招牌出道，畢竟是身處日本泡沫經濟蓬勃、推理小說新風潮再起的八〇年代後半至九〇年代，向其邀稿的出版社當然也都希望東野圭吾能夠以「推理」爲主題書寫。配合這樣的要求，以及企圖擺脫貼在自己身上那「青春校園推理」標籤的渴望，東野嘗試了許多新的切入點，使出渾身解數試著吸引讀者與文壇的注意。於是古典、趣味、科學、日常、幻想，在他筆下似乎沒有什麼題材不能入推理，似乎沒有題材不能成爲故事的要素。或許一開始只是爲了貫徹作家生活而進行的掙扎，但隨著作品數量日漸累積，曾幾何時也讓東野圭吾在日本文壇之中，確實具備了「作風多變多樣」這難以被輕易取代的獨特性。

是的，東野圭吾是位不幸的作家。但也因此我們才得以見到，那些誕生於他坎坷的作家路上，由歷經幾多挫折仍不屈的堅持所淬煉而成，在簡素之中卻有著數不清面貌的故事。以讀者的角度而言，能與這樣的作家共處同一個時代，還眞是宛如奇蹟一般的幸運。

在推理的範疇裡，東野圭吾從不吝惜挑戰現狀。從初期以詭計爲中心的作品，漸漸發展出許多具有獨創性，甚至是實驗性的方向。其中又以貫徹「解明動機」要素（WHYDUNIT）的《惡意》（一九九六）、貫徹「找尋凶手」要素（WHODUNIT）的《誰殺了她》（一九九六）、貫徹「分析手法」要素（HOWDUNIT）的《偵探伽利略》（一九九八）三作，可說是東野在踏襲傳統推理小說元素之下，卻又充分呈現了屬於現代風貌的鮮麗代表作。

而出身於理工科系的背景，也讓東野在相較之下，比其他作家更擅長消化並駕馭以科技爲主軸的題材。像是利用運動科學的《鳥人計畫》（一九八九）、涉及腦科學的《宿命》（一九九〇）和《變身》（一九九一）、生物複製技術的《分身》（一九九三）、虛擬實境的《平行世界戀愛故事》（一九九五），還有之後以湯川學爲主角展開的「伽利略系列」裡，東野都確實地將自己熟悉的理工題材，在分解組合後以最簡明的方式呈現在讀者眼前。

另一方面，如同「處女作是作家的一切」這句俗語所述，高中第一次寫推理小說便企圖切入當時社會問題的東野圭吾，由《以前，我死去的家》（一九九四）中牽涉兒童虐待的副主題爲開端，對於社會人心的描寫，似乎也成了他作家生涯的重要課題。例如以核能發電廠爲舞臺的《天空之蜂》（一九九五）、試探日本升學教育問題的《湖邊凶殺案》（二〇〇二）、直指犯罪被害人及加害人家屬問題的《信》（二〇〇三）和《徬徨之刃》（二〇〇四），都在在顯露出東野對於刻畫社會問題與人性的執著。

東野圭吾這種立足於推理，進而衍生至科技與人性主題上的寫作傾向，在發表於二〇〇五年的《嫌疑犯X的獻身》中，可說是達到了奇蹟似的調和，也因爲這部作品，在二〇〇六年贏得各種獎項，讓東野圭吾正式名列「家喻戶曉的暢銷作家」之列。加上這幾年來，東野作品紛紛電視電影化，他的不幸時代成爲過去，並站上前人未達之高峰。二十年來的作家生涯開花結果，創造了日本推理文壇近年來難得一見的奇蹟。

好了，別再看導讀了。快點翻開書頁，用你自己的眼睛與頭腦，去感受確認東野作品中理性與感性並存，而又如此引人入勝的獨特魅力吧！那將會勝於我在這裡所寫的千言萬語。

本文作者介紹

林依俐，一九七六年生。嗜好動漫畫與文學的雜學者。曾於日本動畫公司GONZO任職，返國後創辦《挑戰者月刊》並擔任總編輯，現任全力出版社總編輯，另外也負責線上共享閱讀平台ComiComi（http://www.comibook.com/）的企畫與製作總指揮。

謎中謎

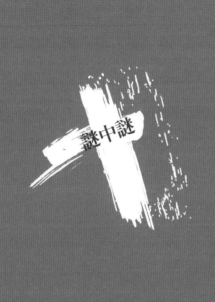

1

在二十五公尺的游泳池裡以自由式來回游了八趟，實在很難維持漂亮的動作。雖然對苗條的身材頗有自信，但離開游泳池時覺得體重似乎是平常的三倍。於是，她摘下泳帽往游泳池畔的椅子一坐。地板設有遠紅外線地暖系統，十二月也不怕身體受寒。

一個穿短袖的年輕男性工作人員笑盈盈地迎上前。

「辛苦了，要爲您準備什麼飲料嗎？」

「謝謝，先不用。」津田彌生面帶笑容回絕。剛入會時得知飲料免費提供，只覺得不點豈不吃虧，即使不怎麼想喝也會點，現在她曉悟那樣會顯得沒格調。

擦乾身體，望向牆上的鐘。時間已過六點十八分。

大遲到。看樣子，他開始對我漫不經心了——津田彌生撇下嘴角，拿毛巾用力擦頭髮。

她在等男友北澤孝典。雖說是男友，但不到論及婚嫁的程度。畢竟，她還不怎麼瞭解這個人，只曉得他曾立志當職業高爾夫球選手，如今在這家健身俱樂部的高爾夫球教室工作。

其實，彌生能夠成爲這家高級俱樂部的會員，是透過他的關說。而約會時在游泳池畔碰面，則是他們的慣例。

坦白講，彌生的時間觀念並不嚴謹。與異性見面幾乎不曾準時赴約，說「從來沒有」也不算言過其實。若是男方生氣，她便列爲拒絕往來戶。請客的、接送的、送禮的，男人要多少有多少。

然而，今天孝典遲到了。至今沒發生過這種情況。

「你來接我不就好了嗎……咦，法拉利送修？……討厭，不要開那種爛車來啦，天曉得會被誰看到。」

旁邊有人大聲說話。一看，是個趾高氣昂的女人，一身大膽的泳衣，拿著一個長方形的盒子。正是傳說中的大哥大。

「哦，那輛BMW，還可以。對了，餐廳你訂好了吧……又是義大利菜？吃法國菜啦……我才不管，你去想辦法。啊，吃飯前我要先去香奈兒的櫃位……對，拿上次訂的東西。那就麻煩你嘍。」

女人通完話，或許是察覺彌生的視線，瞥她一眼，露出別有深意的冷笑。那是寫著「羨慕吧」的表情。

哼，彌生別開臉。那算什麼？帶著電話到處走，只是自找麻煩。用不著那種玩意，男人會自己想辦法聯絡，不必我費心。雖然暗暗逞強，卻不能否認確實有些羨慕。眞好，有沒有人會送我呢？要是有那種玩意，現在就能立刻和孝典聯絡。

到了六點半，彌生站起來。約會乾等三十分鐘，在她的人生中是絕無僅有的事。自尊不容許她繼續等下去。

沖過澡，換好衣服，她又到游泳池看了一下，仍不見孝典的人影。

彌生走進電梯，前往頂樓的高爾夫球教室。她打算不找孝典出來，請人轉交字條就離開。字條上寫著「你幹麼不在脖子上掛個鐘？」。

然而，櫃檯小姐的回答出乎預料。

「北澤先生今天還沒來，似乎是請假，可是完全沒和公司聯絡。」

「請假？」

向櫃檯小姐道謝後，彌生打公共電話到北澤的住處，但只聽到鈴響。彌生心中有些忐忑。如果是外出，他一定會開答錄機。會不會是在哪裡發生事故？

一離開健身俱樂部，彌生便前往孝典位於廣尾的住處。那是三十層的高樓大廈，一樓會客廳的豪華程度不輸飯店。她去過好幾次，手上也有備鑰。

儘管有種不妙的預感，彌生其實不怎麼擔心。反正八成是臨時有急事不得不請假，也把約會忘得一乾二淨。所以，她上門的目的，並不是探望他的情況，而是要留字條，內容當然是暗示分手。不是嚇唬他，彌生是認真的。原因不是他今天遲到，而是彌生打算趁機一掃猶豫，付諸行動。跟他就是合不來，感覺也不怎麼有錢，況且她本來就考慮著該結束關係。結婚？免談。要結婚，對象必須是醫生或機師；若是上班族，得是證券業或廣告代理商，否則不考慮。媽媽希望她找個公務員，但這年頭誰要公務員？今年春天才開始上班的弟弟，領到的獎金就遠比任職區公所二十幾年的舅舅多。
她是被免費指導高爾夫球的好處矇了眼，才和孝典交往。既然要找會打高爾夫球的對象，下次不如找眞正的職業選手。所以，字條上最好寫清楚、分乾淨，順便將備鑰留在屋裡。
然而，她的盤算落空。大門沒鎖，孝典就在裡面。
只不過，他已成爲一具屍體——
看到孝典睜著眼倒在地毯中央，彌生顧不得尖叫就衝進廁所。

2

警方在一樓的管理室問話。室內有一小套客桌椅，彌生隔著茶几與刑警面對面。角落擺著一套高爾夫球具，看來是管理員的私人物品。彌生對球具瞭解不多，但知道不便宜。這年頭什麼阿貓阿狗都打高爾夫球，開價超過一億圓的高爾夫球會員權一點也不稀奇。
蓄著小鬍子的森本警部補（*1），針對發現屍體的經過，反覆詢問彌生好幾次，只要稍有差異便追究不休。彌生不禁覺得自己遭到懷疑。
「那麼，能不能請您更詳細地說說兩位的關係呢？兩位是在怎樣的機緣下認識？」
「談不上什麼機緣。我從事口譯工作，常去一位客戶家，他也經常去。」
彌生的本行是英語和法語的口譯。客戶以企業爲主，偶爾也有個人客戶。投資休閒產業的中瀨興產社長中瀨公次郎，便是其中之一。以前去公司服務時，公次郎十分滿意她的表現，於是私下也常獲得聘用。公次郎經常在家招待歐美客戶，因此需要口譯。

孝典逝世的父親是公次郎的朋友，得以出入中瀨家。而且，公次郎向來看好孝典在高爾夫球方面的才能，曾贊助孝典一段時期，希望他能順利成爲職業選手。公次郎提供絕佳的環境，孝典不必工作，從早到晚只需專心練習高爾夫球。可惜，巡迴賽職業選手的道路太艱險，公次郎和孝典本人都放棄了。之後，孝典便在中瀨集團旗下的健身俱樂部，也就是稍早彌生游泳的那家俱樂部上班。

彌生是在今年夏天遇見孝典，當時他的志趣已轉爲開設高爾夫球用品專賣店。他當然沒有資金，應該是打算請公次郎援助吧。

「北澤先生遭到殺害，您有沒有什麼線索？」

大致問完基本問題，森本補上一句。彌生只能搖頭。

「我們說好，不干涉彼此的私生活。」

「那麼，也沒論及婚嫁嘍？」

*1 日本警察制度的階級，由下而上依序爲巡查、巡查長、巡查部長、警部補、警部、警視、警視正、警視長、警視監、警視總監。

「是啊，從來不曾。」

彌生沒提想分手的事，被追究理由會很麻煩。然而，約莫是察覺蛛絲馬跡，森本的目光中帶著輕蔑。最近的年輕女孩都一樣，把男人視爲提款機。一時興起跟沒當成高爾夫選手的人交往，看他沒什麼錢就放手。反正就這麼回事吧——森本的想法寫在臉上。對啊，那又怎樣？彌生不甘示弱地回瞪。

「對了，」森本回歸正題，「您也看到了，屋裡被翻得很亂，代表凶手極有可能在找東西。不曉得到底在找什麼？」

「我不清楚。」彌生歪著頭答道。因爲屍體的氣味太噁心，她立刻離開，並未仔細觀察，但現場確實一片凌亂。書都不在架上，櫥櫃抽屜也全拉出來。

「有沒有想到任何事？」

「沒有，毫無頭緒。會不會是強盜在找存摺之類的？」

森本搖搖頭，「存摺和現金都沒失竊。況且，這不是單純的強盜殺人。不曉得您有沒有發現，北澤先生並無外傷。一般情況下，強盜會使用凶器。」

「啊，這麼一提……」

孝典倒下的地方，旁邊有一只打翻的咖啡杯，咖啡灑了一地。

「對了，原來他是被毒死的！」

「現在詳情還不明朗。」森本的食指抵住嘴唇，示意她不要大聲嚷嚷。「依現況來看，熟人犯案的機率很高。」

彌生安靜下來。他是會與人結仇的人嗎？

「再請教一次，您知道凶手可能是誰嗎？」

「不，我完全不知道有這樣的人。」彌生篤定地回答。

「很好。」刑警點頭，從口袋裡取出一張照片，似乎是用即可拍相機拍的。「這張照片拍的是屍體旁的地毯，約莫是死前就近拿麥克筆寫的。您覺得他寫的是什麼？」

彌生拿起照片。黑色麥克筆寫在淺紫色地毯上的文字，莫名觸目驚心。雖然有點扁平，但似乎是羅馬字母的A。

「對，我看起來也是A。」森本點點頭。「再請問您，北澤先生身邊有沒有與A相關的人物，或是物品？」

「A……」

彌生思索片刻，卻毫無頭緒。驚魂未定是原因之一，主要還是她對孝典的認識太少。儘管無奈，也只能這麼回答。

「這樣啊。」刑警並不怎麼失望，接著收起照片，遞出名片。「那麼，要是您想起什麼，請和我們聯絡。」

待刑警願意放人，離開孝典的住處時，已超過九點。彌生沒有去狂歡散心的力氣，於是返回位於中野的公寓。一想到屍體就沒食欲，她迅速沖了個澡，設定電話答錄機，早早鑽進被窩。一切的一切，都令人不敢相信是眞的。

一閉上眼，恐懼便再度復甦。

3

第二天下午，彌生有工作。某學會在東京都內的飯店舉行國際會議。昨晚她幾乎徹夜未眠，只能忍著哈欠進行同步口譯。

工作結束，在一樓的交誼廳喝咖啡時，一個陌生男子出現在她面前。

「不好意思，請問現在幾點？我的手表停了。」

對方約三十歲，高個子，皮膚晒得很黑。身上穿的似乎是亞曼尼西裝，沒看到手表。

彌生瞄腕上的表一眼，回答「五點二十三分」。

「這樣啊。哎，飯店太大，連個鐘都找不到。」男子客氣一笑，看著她的臉，微微偏頭。「是我想太多嗎？我們是不是在哪裡見過？」

彌生緩緩搖頭，「這招是行不通的。」

男子皺起眉，「我像居心不良的人？」

「我朋友太多，得要有人死了才有空缺。」

彌生學某部電影的女主角這麼說，沒想到男子竟應一句：「那麼，現在應該有空缺。因爲昨晚死了一個。」

彌生重新望向男子，「你是誰？」

男子將名片放在桌上，上面寫著「尾藤茂久」。沒有任何頭銜，住址在南青山。

「我和北澤是大學時代的朋友。爲了調查他的死因，才在這裡等妳。」

「虧你能找到這裡。」

「我向妳口譯工作的夥伴打聽。妳似乎接過許多學會方面的案子，眞了不起。」

「你沒問到我的住處？」

「問了，但我不能去。反正今天刑警一定在那邊監視。」

「監視？」彌生皺起眉，「你的意思是，他們懷疑我？」

「太大聲了。我可以坐妳旁邊嗎？」

「不碰到我就可以。」

尾藤揚揚眉毛，清清喉嚨，然後坐下。

「遭到懷疑的不僅僅是妳。刑警也來找我，追根究柢問一大堆，簡直把人當嫌犯。警方大概十分著急，因爲幾乎沒有任何線索。勉強算得上提示的，就是凶手似乎在找東西，還有那個A字。」

「這些他們都問過我，可是我一無所知。」

「北澤最寶貝的會是什麼？當然，除了妳之外。」

彌生無力地苦笑。

「你也和刑警一樣，誤會我和他的關係。我們的關係沒那麼深入，是異性之間成熟理性的交往，而且……」她聳聳肩，「我本來打算和他分手。」

「爲什麼？因爲他其實不怎麼有錢？」

一語中的，彌生不禁睜大眼。尾藤揚起嘴角：「我似乎猜中了。」

「不光是如此，還有個性方面的問題。我漸漸覺得跟他合不來。他不像我期待的那樣成熟，又有點滑頭滑腦。原本感到很幸運，畢竟他長得不錯，又能教我打高爾夫球，最近他卻愈來愈難以捉摸。眞的。」彌生頗爲激動。她不希望在旁人眼中，她是爲錢才和孝典交往。

「具體上是哪些情況？」

「說不上是眞的有什麼。只是，他想開店，這陣子開口閉口都在談籌措資金。你不覺得，這種話題不太適合說給女性聽嗎？」

「唔，或許吧。」

這麼一提，彌生忽然想起一件事。

「對了，上次見面時，他說過奇怪的話。」

「奇怪的話？」

「資金似乎有眉目了。」

當時他們約在游泳池畔見面，孝典說——

「我的運氣終於來了。無論如何，我都要靠這隻手抓住成功。」他張開右手，問道：「這隻手擁有神通力，能夠創造奇蹟。妳知道這種手叫什麼嗎？」

「魔法師的手？」

「魔法師啊。不錯，但還有別的說法吧。動動腦，發揮妳的幽默感。」

語畢，孝典就跳進游泳池。之後，他就沒再提起這個話題。

聽完這段插曲，尾藤歪著頭：「魔法師的另一種說法啊，完全想不出來。我最不會玩腦筋急轉彎了。不過，看來他抓到什麼機會。」

「你有線索嗎？」

「很遺憾，就是毫無線索才會來找妳。但託妳的福，我得到提示。謝謝。」

尾藤站起身。

「如果有新消息，記得告訴我。」

彌生這麼一說，尾藤拿起桌上的帳單，眨一下眼。

4

孝典的葬禮在他遇害三天後舉行。孝典沒有家人，喪事由親戚幫忙安排。

彌生也出席了。儘管在喪服外套上貂皮大衣，在寺內排隊上香時，寒氣仍從腳底竄上來。

她發著抖環顧四周，發現隊伍中有不久前見過的人。中瀨公之郎的長男、中瀨興產的董事，中瀨雅之。他三十四、五歲就高居董事，是典型的富二代。聽說他在三流大學留級不知多少年，好不容易拿到學位，董事也是掛名，平常只會打高爾夫球。

他身旁有一名約二十四、五歲的女子，彌生沒見過。雅之有個妹妹叫弘惠，但彌生認得弘惠。

上完香，雖然有點冷，彌生還是留到出殯。目送靈車離去時，想到裡面是孝典的遺體，她不禁感到不可思議。

剛走出寺廟，身後傳來一句「請問是津田小姐嗎？」。一回頭，只見一位頂上稀疏的矮小老人向她點頭致意，感覺有些眼熟。

「您是……？」

「忘了嗎？我是中瀨公次郎的祕書，敝姓龜田。」他遞出名片，上面印著頭銜。

哦，她點點頭。以前在中瀨家見過面。

「其實是有點私事要找您談，方便耽誤一點時間嗎？」

「有事？」

「很重要的事，與北澤先生有關。」他抬眼覷著彌生。

會是什麼事？彌生提高警覺。坦白講，她打算葬禮一結束，就將孝典忘得一乾二淨。

她不喜歡捲入麻煩。

「您聽聽也不會吃虧。」約莫是察覺她的猶豫，龜田低語。「不會占用太多時間。」

「那麼，就一下子。」彌生帶著提防，點頭答應。

兩人走進附近一家咖啡店，龜田選了最後面的位子。大概是不願旁人聽到他們的談話吧。

「這次眞是無妄之災，請節哀順變。」

龜田形式上表達慰問，彌生搖搖頭：

「不用客套，我也希望能早日忘記。」

龜田嘆一口氣，點點頭：

「這樣是最好的。聽說最近的年輕小姐心情都轉換得很快，想必是不需要多餘的同情吧。只是，案子還沒破，在一切落幕前，您可不能忘記。」

「怎麼說？」

「我們進入正題吧。首先，中瀨社長住院了。」

「他哪裡不舒服嗎？」

「是啊，這裡不太好。」龜田指指自己的禿頭。「我不是在說笑。他罹患腦瘤，而且已是末期。」

「那麼……」

「是的，」龜田神情黯然地點頭，「恐怕來日無多。十天前他陷入昏迷，一直沒恢復意識，醫師也束手無策。不久的將來，報紙應該就會刊出中瀨興產社長的訃聞。」
「眞可憐，社長挺年輕的吧？」
「六十八歲。以平均壽命來看，算是英年早逝。暫且不談這些……」龜田喝一口奶茶，繼續道：「社長身體仍硬朗時，曾給我一道與遺囑有關的指示。萬一他發生不測，要將放在家中書房暗格裡的遺囑交給律師，依照遺囑處理財產。」
彌生點點頭，忍不住吞一口唾沫。中瀨興產社長的總財產，究竟會是什麼天文數字？記得孝典提過一件事。銀座的正中央，有一塊恰恰可停一輛勞斯萊斯的土地，中瀨社長便花一億圓買下當專用停車場。然而，得知有人會趁他開走後偷偷停車，他又僱一名警衛。由於警衛開車上班，要在附近租停車位，這筆費用自然是社長支付。彌生愈聽愈感到荒謬，世上就是有人錢太多。繼承這種人的總財產——儘管與她無關，但光想像就夠讓人緊張了。
「於是，社長陷入昏迷的那天，我進書房打開抽屜暗格。儘管社長還在世，但既然沒有康復的希望，最好及早做準備。」
於是，面對死期將近的主人，忠心耿耿的祕書仍冷靜採取行動。
不料……龜田的話聲壓得更低：「暗格裡沒有遺囑。」
「咦，爲什麼？」
「您認爲呢？」龜田反問。

彌生稍加思索，喃喃道：「有人偷走？」

「我也是這麼想。」龜田大大點頭。「這麼重大的事，相信社長不會搞錯。這麼一來，問題就是誰偷走的。考量到現場的狀況，犯人應該就在社長的家人，或出入中瀨家的人當中。這時，北澤孝典先生遭到殺害。就算不是我，也會認爲他的死與此有所關聯，不是嗎？」

「您的意思是，遺囑是他偷的？」

「我是指，不無可能。至少，他有機會。所以，我想請教，您是否在北澤先生手邊看過這類文件？」

彌生搖頭，「我沒看過。況且，他何必去偷中瀨先生的遺囑？他既不是家人，也不是親戚，根本和繼承遺產扯不上關係吧。」

「遺產確實與他無關。不過，他很可能受託於人。」

「有人叫他去偷遺囑？誰會拜託別人做這種事？」

「這個嘛，多半是平常無緣出入中瀨家，沒辦法自行偷出遺囑，卻又對內容極爲關心的人吧。換句話說，就是親戚。原本他們沒繼承權，但視遺囑的內容，或許能沾上一點邊。」

「可是，偷了也沒意義啊。」

「不，不見得。這方面解釋起來非常麻煩。」

龜田吞吞吐吐，拿手帕按著並未出汗的額頭，一邊看著彌生。她正面回視，打定主意要是龜田不肯說清楚，她就不提供任何協助。

或許是領會彌生的意思，龜田嘆一口氣。「沒辦法，我就說明給您聽吧。只是，請千萬不要洩漏出去。」

「我口風緊是出了名的。不過，在那之前……」

彌生又點一杯肉桂茶。

接著，龜田開始說明：

「由於社長夫人已逝世，按理財產是兩個孩子，也就是雅之少爺、弘惠小姐繼承。但社長認爲，財富並非自己一個人掙來的，打算留一些給親戚，遺囑上應該也是這樣寫。」

「哦，社長好大方。」

眞希望我有這樣的親戚——彌生暗暗想著。

「社長的確相當大方，不過，我猜是少爺和小姐太明目張膽地覬覦財產，惹得社長不快，才會不願全部留給他們，考慮分一點出去。」

彌生能夠理解那種心情。期待著遺產的孩子，眼巴巴等著自己死掉，身爲父親也不免心寒吧。

「一眾親戚當然高興，但兩個月前，發生一件意想不到的事。」

「什麼事？」

「社長的私生女突然出現，自稱畠山清美。剛剛她也和雅之少爺一起出席葬禮。」

「哦，原來是那一位。」彌生點點頭，「十分年輕美麗呢。」

「是的，她遺傳到母親的美貌，這就是一切的元凶。」

龜田清清嗓子，說出以下這番話。

二十多年前，中瀨公次郎與家裡的幫傭畠山芳江發生關係。社長並非風流成性的人，約莫是眞心愛她。

得知此事，公次郎的妻子氣壞了，哭鬧著家裡有那女人就沒有她。公次郎一度認眞考慮離婚，但畢竟得顧及名聲和體面，最後選擇給芳江贍養費，送芳江回故鄉。

數年後，妻子一離世，公次郎隨即派部下尋找芳江。他便是如此深愛芳江，不過，他想見芳江有另一個理由。聽說芳江回故鄉後，生下一個孩子。

部下一找到芳江，公次郎立刻去見她。她還是在替人幫傭，帶著一個五歲左右的女孩，相依爲命。公次郎向芳江道歉，求芳江務必回到他身邊。

然而，芳江拒絕他的請求。她不願再想起往事，也有即將結婚的對象。

公次郎希望芳江幸福，不打算進一步干涉，只告訴她要是遇到困難，可以找他幫忙，便離開她身邊。此後，他不曾與畠山母女見面，但據龜田觀察，他無時不掛念她們。

兩個月前，芳江的女兒清美忽然現身。

據清美說，芳江病逝前透露父親的事。最後芳江並未結婚，獨力撫養清美長大。

公次郎十分感動，當場要她住到家裡。但清美不願寄人籬下，於是公次郎安排她在健身俱樂部工作。

「到此爲止都還好，接下來才是問題。」龜田喝口水，潤了潤喉。「社長考慮重寫遺囑。」

「哦，原來如此。」

多出一個孩子，財產繼承的方式當然會有所改變。有錢人眞不容易，我們家就沒這種煩惱——彌生想起父母。

「於是，事情變得有些複雜。如同我剛才提到的，社長原本打算留一部分給親戚，但清美小姐的出現似乎讓他改變心意。具體而言，就是繼承的對象僅限子女。換句話說，社長將遺囑改成由雅之少爺、弘惠小姐和清美小姐三人平分。」

「這麼一來，指望能分到遺產的人，想必非常失望。」

「一點也沒錯。」龜田一臉爲難，「有些親戚甚至吐出『又不確定清美小姐是不是社長的孩子』之類的話，搞得實在難堪。不過，社長並未對清美小姐的說詞照單全收，仍進行相應的調查。依調查的結果，她眞的是社長的孩子，麻煩的是，社長在得知前就病倒。」

「怎麼會麻煩？遺囑不是重寫了嗎？」

「是啊。可是，當時情況不明朗，於是社長連同前一份遺囑一併保管。大概是打算查明清美小姐是否爲親生女兒時，再銷毀其中一份吧。不過，雖然有兩份遺囑，但遺囑上應該都標有日期，自然是採用日期較新的，所以舊的沒必要特意銷毀。」

「兩封遺囑都被偷了嗎？」

「不，舊的還在。換句話說，萬一社長早一步逝世，就會採用那份遺囑。」

「原來如此。」彌生大大點頭，約略明白事情的全貌。「那麼，是新遺囑一公開就會吃虧的人，找孝典……找北澤先生去偷遺囑。」

在新遺囑中占不到便宜、巴不得採用舊遺囑的人，就是那些可望分一杯羹的親戚。

「現在還不能確定是北澤先生偷走的，但我認爲有可能。這麼一來……」龜田環顧四周，繼續道：「殺害北澤先生的凶手，目標也是遺囑——這樣想豈不是順理成章？」

彌生認爲，這是個不錯的推論。爲了找出遺囑，凶手才會將屋內翻得亂七八糟。

「龜田先生，這件事您告訴警方了嗎？」

「我以保密爲條件，告訴過警方。所以，從昨天起，調查對象應該會集中在中瀨家的親戚上。」

「那麼，我該做些什麼？」

「就是遺囑啊。希望您能幫忙找出遺囑。」

「可是，會不會凶手已搶走……」

「不，目前不確定遺囑是否落入凶手的手中。從警方的說法聽來，北澤先生的住處不是被翻得很亂嗎？可見東西不在能夠輕易找到的地方。換句話說，極有可能尚未尋獲。」

彌生伸手扶額，「您的意思我明白，但……」

「拜託，津田小姐。請仔細回想北澤先生的言行，找出遺囑。當然，順利找到後，我會請中瀨家拿出合宜的謝禮。」

「咦，我根本沒把握啊。」

「請不要說洩氣話，您是我們唯一的依靠。況且，在凶手眼中，您應該也是關鍵人物。」

「在凶手眼中也是……？」彌生當場僵住。

「當然啊。要是遺囑還未到手，凶手恐怕也會盯上您。我不是在嚇唬您，但請格外小心。」

嘴上說著不是要嚇人，龜田的話聲卻壓得特別低。彌生感到一股寒意，毫無意義地環視四周。

「總之，就是這麼回事。若您想起什麼，請立刻與我聯絡，好嗎？」

「萬一我什麼都想不起來呢？」

「您得想起來，這是爲了我們雙方好。」

龜田將手舉到面前，用力握緊拳頭。

5

跟龜田分別後，在回公寓的路上，彌生思索著孝典的事。他是否曾露出隱藏重要物品的跡象？遺憾的是，彌生什麼也想不起來。唯一勉強算是線索的，便是他說的「這隻手擁有神通力」，但彌生根本不曉得他的言外之意。

一路絞盡腦汁，彌生回到公寓前，只見尾藤坐在花壇旁看報紙。

「葬禮早就結束，妳逛到哪裡去？天氣這麼冷，我可是等了一個多鐘頭。」尾藤折起報紙，不停抱怨。

「是你要等的。而且，我去哪裡又不關你的事。」

「話是沒錯，但我很感興趣。一個穿喪服的年輕女子，究竟晃去什麼地方。」

「多謝你的雞婆。我倒是挺好奇，你找上門有何貴幹。既然等了一個多鐘頭，是案情上有所收穫？」

「我很想說妳猜對了，但十分遺憾，沒半點收穫。北澤的周遭我都打探過，沒聽到任何他開店的資金來源。跟巨額金錢有關的，頂多就是中瀨公次郎重病，著手處理遺產的消息。但北澤不是親戚，應該與他無關。」

聽著尾藤的話，彌生不由得垂下目光。龜田交代她不可洩漏遺囑的事。

「我試著思考魔法師有什麼別的說法，實在想不出更好的答案，只得放棄，過來找妳，看看妳有沒有新的線索。」

「我也一樣沒進展。」

「果然。換句話說，我在天寒地凍中白等一場。」

「別一臉悲情好不好。看你可憐，請你喝杯茶吧。」

「眞的嗎？太感謝了。」尾藤的表情頓時一亮。

「不過，如果你敢亂來，別怪我不客氣。不要看我這樣，我是極眞空手道二段的高手。」

「二段？那我皮得繃緊一點。放心，相信我吧。我不會走近妳半徑一公尺內。」尾藤後仰，微微舉起雙手。

彌生的住處面南，是一房一廳的格局。踏進客廳，尾藤不由得吹一聲口哨，望著丟在沙發上的包包。

「Fendi、Salvatore Ferragamo、Gucci、Chanel、LV，簡直能開品鑑會了。」

「告訴你，那些只是十分之一。」

「好誇張啊，全是妳買的？」

「怎麼可能，我沒花自己的錢買名牌的習慣。」

這句話半眞半假。雖然很多是男人送的，但每次出國旅遊也會買一大堆回來。彌生對「日本尚未進貨」的宣傳詞毫無招架之力。

一進寢室，她旋即鎖門換衣服。從整理櫃拿出衣服時，總覺得怪怪的。跟平常不太一樣，卻說不上來哪裡不一樣。

是我神經過敏嗎……

彌生納悶著走出寢室。尾藤在客廳玩音響，擴音器播放的不是音樂，而是法文朗讀。

「眞了不起，這些妳都能譯出來吧？」

「是啊，不過內容不怎麼困難，也沒有專門術語。」

「妳也做筆譯嗎？」

「有時候。我也會將中瀨公次郎先生寫的文字，譯給外國人看。坦白講，老人家寫的日文，比英文、法文都難懂。因爲老人家愛用我不懂的詞彙，和我不會念的漢字，讓我查國語辭典的次數多了不少。」

「這一行也有這一行的辛苦啊。不過，實在教人佩服。我連英語都靠不住，眞不曉得上大學要幹麼。」

「大部分的人都是這樣。」彌生設定著咖啡機應道。「對了，你不太談自己呢。名片上也沒職稱，你做哪一行？」

「其實不值一提啦，我是自由作家。」

「自由作家？哦，挺酷的嘛。」

「沒這回事。妳從小就想當口譯嗎？」

「大概是高中時產生這種念頭的吧。之前是希望當學校老師，現在光想就覺得恐怖。」

「我根本沒想過要當老師。」

聽尾藤這麼說，彌生訝異地「咦」一聲，重新打量他。

「可是，你是教育大學畢業的吧？不是爲了當老師才念那所學校嗎？」

既然和孝典上同一所大學，應該是就讀教育大學。孝典曾隸屬他們大學的高爾夫球社。

尾藤一臉心虛，接著搖搖手。

「又不是每個進教大的人都想當老師，純粹是考不上別所大學而已。」

「喔……」彌生總覺得不太對勁，按下咖啡機的開關。馬達聲響起，開始磨咖啡豆。

「他……孝典以前是怎樣的學生？聽說他因雙親早逝，吃了不少苦。」

「唔，是啊。不過，我想他的學生生活和大家差不多。」

「你不曉得他在高爾夫球社很出風頭嗎？」

「知道一點，但不十分清楚。畢竟我對高爾夫球沒興趣。」

「是喔。」

彌生聽孝典提過，學生時代從早到晚都在社團練習，根本沒好好上課。這樣他是怎麼和尾藤熟起來的？她暗忖著要追問，一邊打開餐具櫃拿出咖啡杯，不經意瞥見其他餐具，忍不住發出驚呼。

「怎麼了？」

「好像有人碰過餐具櫃……」

「咦，會不會是妳多心？」尾藤走過來。

「絕對不是。你看這個盤子，邊緣有點黑黑的。一定是有人碰過。」

「其他地方呢？」

「等一下。」

彌生走進寢室，查看梳妝台的抽屜，及放小東西的收納盒。果然不是她神經過敏，物品的位置都有微妙的不同。

「眞過分，居然擅自闖入別人的住處。」

「有沒有少了什麼？」

「當然沒有，凶手要的是遺囑啊。」

「遺囑？」尾藤追問。

糟糕——彌生連忙摀住嘴。

「妳似乎有所隱瞞，這樣不太對吧。」尾藤瞪著她。

「我答應對方要保密，可是既然說漏嘴，只好告訴你。」

彌生轉述龜田的話，尾藤雙臂交抱，低聲沉吟。

「原來如此。那麼，這下就能確定凶手還沒拿到遺囑，否則沒必要搜妳這裡。」
「就算遺囑是孝典偷的，他爲什麼要藏起來？」
「大概是認爲不藏起來會有危險吧。北澤會不會是看過遺囑，拿去和遺囑公開後會吃虧的人做交易？簡單地講，就是去要錢。好比告訴對方，要是不希望這份遺囑公開，就拿出錢。他說開店的資金有眉目，會不會是指這筆錢？」
「簡直是恐嚇。」
「不是簡直，根本就是。」
彌生低下頭。雖然打算跟孝典分手，但曾經的男友竟做出這種事，她還是很震驚，也對自己沒看人的眼光感到沮喪。
「我明白妳的心情，但現在不是失望的時候。總之，要採取行動。」
「什麼行動？」
「還用問嗎？那個私生女，是不是叫清美？去見她一面。或許她曉得和遺囑內容有關的線索，搞不好北澤跟她說過什麼。」
「我太震驚，提不起精神。」
「振作點。中瀨公次郎大概撐不了多久，要是一直找不到遺囑，只會便宜殺害北澤的凶手。況且……」尾藤圈起大姆指和食指，「找到遺囑不是有謝禮可收嗎？畢竟是大名鼎鼎的中瀨家，不會只是十萬、二十萬，至少會多一個零，不，搞不好更多。」

多一個零就是一百萬，更多的話——
彌生跳起來，現在確實不是消沉沮喪的時候。
「喝什麼咖啡？走了！」催促著喝咖啡的尾藤，她再度衝進寢室準備出門。
畠山清美在健身俱樂部裡的辦公室工作。彌生他們找她出來，她說「在休息室被其他職員看見會不方便」，帶兩人上了屋頂。屋頂設有花壇和日晷，頗富迷你公園的風情。午後天氣轉晴，零星可見客人的身影。
「我根本不在乎遺產。」
在花壇旁的長椅坐下，清美苦惱地表示。她容貌端整，但少了豔麗，給人樸素的印象。
「我來這裡，純粹是想見親生父親。母親一直到臨終前，都無法忘記中瀨先生。」
「令堂沒再婚嗎？」
「好像考慮過，最後仍無法下定決心，恐怕她還愛著中瀨先生。」
「妳說不在乎遺產，但中瀨先生是不是曾給妳承諾？」一旁的尾藤發問。
清美略顯猶豫，點點頭。
「他說，讓我吃了不少苦，想補償我。」
「具體的作法呢？有沒有提到要認妳這個孩子，讓妳和其他孩子一樣擁有繼承權？」

「這個嘛，大致上差不多。也許應該說『更多』。」

「更多？」

「他告訴我，其他孩子過去給得夠多了，遺產方面會以我爲優先。」

「優先嗎……這是什麼意思？」

「可是，我請他不必這麼做。我寧願他去母親的墓前……」

清美放在膝上的手，時而交握，時而交疊。

「北澤跟妳提過有關遺囑的事嗎？」

「北澤先生？沒有，他什麼都沒提過。」清美抬起臉，搖搖頭。

想不到其他問題，彌生他們決定收兵。

經過一間小溫室時，清美開口：

「北澤先生常來照顧溫室。他不像會做這種事的人，我有些意外。」

「這麼一提，他說過在高爾夫球賽中，總會不由得注意四周的植物。他從學生時代就喜歡植物嗎？」彌生問尾藤。

有嗎——尾藤歪著頭回道。

彌生望向溫室內，只見仙人掌盆栽迎著柔和的日光，一片暖洋洋。

搭電梯下樓後，走出辦公室的男人，一看到清美就橫眉豎目地質問：

「妳跑去哪裡？社長在找妳。」

「抱歉，我向田中先生報備過。」

「不管妳跟誰報備，工作中開溜就是不行。挨罵的可是我。」

「以後我會注意。」

清美雙手在身前併攏，行一禮。

「眞是的……要不是妳後台硬，早就叫妳走路。」

男子罵完，快步從走廊離開。

「什麼跟什麼！」彌生說：「未免太過分了吧。」

「他似乎知道妳是公次郎先生的女兒？」尾藤問清美。

「是的，他是中瀨家的親戚。這家健身俱樂部的主管，大部分都是中瀨家的親戚。」

「這麼一提，健身俱樂部的社長是中瀨弘惠小姐嘛。」彌生想起弘惠是公次郎的女兒。以前聽孝典說社長不到三十歲，她很驚訝。「眞好。親戚有錢，大家都幸福。」

清美落寞地看著彌生，淡然一笑。

「妳覺得那叫幸福嗎？受金錢束縛，遭金錢玩弄。」

「可是，總比沒錢好吧？」

清美搖搖頭。

「那是程度上的問題。搜購不必要的土地，明明不打高爾夫球卻到處買會員權，花幾億圓買一幅不怎麼想要的畫……大家都瘋了，再一直這樣下去，總有一天這個國家會發狂。」

清美一臉嚴肅地發表意見，彌生忍不住打量她。

「這個國家啊……妳說得好誇張。」

清美皺起眉。

「也對。抱歉，說這麼多自以為是的話。那麼，我先失陪。」清美行一禮，走進辦公室。

「看來，清美小姐和那些親戚處得不太融洽。」彌生步向出口。

「想也知道。在那些親戚眼中，等於是煮熟的鴨子飛了。而且，依我的調查，中瀨公次郎的資產絕大部分是由祖傳的不動產衍生。換句話說，親戚非常嫉妒，認為他幸運生為直系子孫，才能繼承龐大遺產。八成是想藉公次郎的死，討回一分公道吧。」

「清美小姐似乎也挺討厭那些為錢盲目的親戚。」

「大家都瘋了，是嗎？或許真是如此。」

剛要踏出健身俱樂部正面大門時，彌生忽然回頭。總覺得有人在跟蹤他們。

「怎麼了嗎？」

「不，沒什麼。」

一定是我神經過敏——彌生這樣說服自己，通過自動門。

6

第二天十分忙碌。除了同步口譯的工作，彌生還臨時接到一般口譯的工作。但這也成爲孝典死後，久違的充實的一天。

只是，彌生的心裡不太舒坦。無論身在何處，總覺得有人在監視她。實際上，她數度目擊有人躲在牆邊、柱子後方。每次她都提心吊膽地偷偷確認，但對方往往早一步消失。

被刑警跟蹤了嗎——

愈在意愈是心裡發毛，結束工作返回住處的途中，彌生不時停下往後看，似乎有腳步聲跟著她。

到家不久，電話響起。是尾藤打來的。

「不曉得算不算情報，不過我查到北澤遇害那天，相關人士的不在場證明。」

「不在場證明？怎麼查到的？」

「唔，就是不擇手段啊。由於工作上的關係，我在警界也有人脈。」

「哦，那我得對你另眼相看了。」

「好說、好說。那麼，先講結論。相關人士中，幾乎沒人有確切的不在場證明。北澤的推定死亡時間，是妳發現遺體的前一天晚上。絕大多數的人都在家裡，和家人待在一起，無法視爲有效的不在場證明。」

如果是前一天晚上，我一樣沒有不在場證明——彌生暗想。

「所以，警方仍在過濾嫌犯。對了，妳那邊如何？有沒有什麼變化？」

「沒新的情報，不過有些地方不太對勁。」

聽彌生說感覺受到監視，「美人就要習慣別人的視線啊！」尾藤調侃一句，接著換上認眞的語氣：「我倒不認爲刑警會監視妳。」

「那會是誰？」

「如果不是妳自我感覺過度良好——」

「眞沒禮貌！當然不是。」

「那麼，可能就是凶手。或許凶手認爲遺囑在妳手上。」

「討厭，好噁心。」

「總之，妳要小心。晚上不要在外面亂晃，朱莉安娜、GOLD那些迪斯可舞廳先別去，暫時忍耐一下。」

「我就是這麼想，所以今天很早回來。明明接近年底，氣氛超歡樂。唉，明天芝浦有一場豪華派對，似乎有機會抽中保時捷。」

「妳沒聽過『在生一日，勝死十年』這句話嗎？今晚到此爲止吧。」

說聲晚安後，彌生放下聽筒，望著電話思索尾藤的事。他聲稱是自由作家，究竟做的是什麼工作？他一副熟悉警方辦案的語氣，不免令人心生懷疑。

第二天沒工作，暌違許久，彌生一早便前往游泳池。經過健身俱樂部的辦公室前，她覷向窗口，但沒看到清美的身影。

或許是一大清早，游泳池的人意外稀疏。除了彌生，僅有幾個人在游泳。不知不覺間，變成彌生獨自包場。

接著，不曉得從哪冒出一個男人，穿戴起水肺。這裡有時會舉辦水肺潛水的初學者講習，約莫是教練吧。

彌生在偌大的池子裡優游。在水中就能忘掉所有的不愉快。

再來回一趟就休息——彌生暗想著，正要折返時，水裡突然出現黑影。還在吃驚，腳踝就被抓住，強勁的力道將她往下拉。剛才穿戴水肺的男子在池底。

我會死——彌生浮現這個念頭，拉力突然減弱，身體被往上推。彌生的頭勉強露出水面，她忙不迭呼吸、咳嗽，但腳踝仍被抓著。

「放心，不會要妳的命。」

頭頂傳來話聲。抬眼一看，中瀨弘惠佇立在池畔。黑底描金薔薇的浮誇款式，實在不像競技用的泳衣。不知是不是從下往上看的緣故，一雙腿十分修長，身材不輸外國人。

「為什麼……妳要這麼做……」彌生氣喘吁吁。

「希望妳能告訴我一件事。遺囑藏在哪裡？要是在妳手裡，馬上交出來。」

「我、我不知道，他什麼都沒跟我說。」

「怎麼可能。你們那麼要好，幾乎每天都在游泳池畔約會。」

「我眞的……不知道。」

水灌進彌生嘴裡，男人讓她維持在勉強能呼吸的位置。

「如果要錢，我可以出一點。那封遺囑，妳要賣多少？」

「眞的不在我手上。」

「少裝蒜。」

弘惠蹲下來，手伸進水裡，像孩童玩鬧般朝彌生潑水。水滲進嘴巴、鼻子，彌生頓時無法呼吸。

「那東西對妳來說不痛不癢，在我們眼中可是事關重大。如果是舊的遺囑，財產還得分給那些無關的親戚，我只能得到五分之一或六分之一。我是親生女兒耶，天底下竟有這麼矛盾的事。可是，新的遺囑中，即使清美也算繼承人，我至少能得到三分之一。妳明白差距有多大吧？」

跟我講這些有什麼用？彌生暗自嘀咕。

「要是在我手上……我會立刻奉還。那種東西……對我根本沒用啊。」

「是嗎？一旦那封遺囑公開，很多人會不高興，妳不是可以拿去恐嚇那些人嗎？」

「我才不會……做那種事。」

「要我怎麼相信妳呢？畢竟，妳是那個北澤的女友。」

弘惠不斷潑水。彌生連鼻子都進水，嗆得厲害。

不知持續多久，弘惠終於停手起身。

「沒想到妳骨頭這麼硬。莫非妳眞的不知道？」

「我眞的不知道。」

「那麼，答應我，萬一找到遺囑，要第一個跟我聯絡，明白嗎？」

「可是，龜田先生也這麼交代我。」

「別理那個老頭。要通知我喔，懂了沒？」

弘惠是怕新遺囑的內容不利於她，想預防萬一吧。彌生在水裡點頭，當務之急是脫離此一局面。

弘惠燦然微笑。

「好，妳很乖。倘若一切順利，我會大大酬謝妳。可是，要是妳敢背叛我，別怪我不客氣。」

弘惠筆直地拉長身軀，優雅地跳進池裡。數秒後，彌生的腳踝重獲自由。她趕緊抓住池緣喘氣，目送對面的弘惠與水肺男離開。

弘惠轉向彌生，從容露出微笑，拋給她一個飛吻。

7

一離開健身俱樂部，彌生立刻前往孝典的住處。就算找不到遺囑，說不定也會有什麼線索。要是不設法解決這個問題，往後休想安心過日子。

彌生以爲會有人看守，卻不見警察的影子，只拉起封鎖線。或許警方已徹底調查過這個地方。

她手上有備鑰，要進去很簡單，問題是一旦想查，反倒不知從何查起。她環顧室內，莫名有種空蕩蕩的感覺。看來，重要的東西警方都拿走了。

視線隨意掃過相框、畫框背面，掀起地毯瞧瞧，她只感到陣陣空虛。這樣不可能找得到。

只好呼喚幫手——

彌生想起尾藤，打開包包，發現平常隨身攜帶的通訊錄今天偏偏放在家裡。

彌生生起自己的氣，一屁股坐在沙發上。不過，她很快有了主意，往電話靠近。既然尾藤是孝典的好友，孝典應該有他的電話號碼。

然而，沒看到類似通訊錄的東西，可能是警方帶走了。

接著，彌生想到大學的畢業紀念冊。就算只聯絡得上老家，應該也能設法問出現在住所的電話號碼。

彌生隨即從書架上找到紀念冊。翻到孝典的系所，尾藤茂久的名字出現在最後的地方。

打電話過去，響三聲便有人接起。

「喂，尾藤家，您好。」傳來年輕女子的聲音。

「您好，敝姓津田。請問茂久先生在嗎？」

彌生說完，對方一陣困惑的沉默，然後訝異地問：「您找外子嗎？」聽起來是尾藤的妻子。沒事裝什麼單身啊——彌生莫名感到不悅。

「是的，我想找您的丈夫。請問他在嗎？」

尾藤的妻子又沉默片刻，才開口：

「外子去美國出差……不曉得找他有什麼事？」

「美國？什麼時候去的？」

「大概去一個月了。」

「一個月……」

「請問……喂？」

彌生無言地掛斷電話，頓時感到一股寒意。那個自稱尾藤的人，究竟是誰？

她不禁害怕獨處，連忙離開孝典的住處。此刻，她不敢再相信任何人。

彌生回到自己的住處時，只見尾藤等在門口。正確地說，是自稱尾藤的人，等在門口。

「嗨。」他一臉快活地舉起一隻手。「關於案發當晚相關人士的行動，我得到比較詳細的消息，來通知妳一聲。」

「是嗎？謝謝。」

彌生想表現得一如往常，臉頰卻不由得僵硬。

「怎麼了？妳臉色不太好。」

「我有點累。抱歉，你說的那些消息，能不能下次再告訴我？」

「好啊……妳不要緊嗎？」

「沒事，休息一下就行。那麼，再見。」

開門後，彌生迅速進屋。透過防盜孔窺望，只見尾藤歪著頭離開。

彌生立刻衝進寢室，從衣櫃拿出另一件外套，再戴上太陽眼鏡，把之前忘在電話旁的通訊錄扔進包包，匆匆出門。

一出公寓，就看到尾藤走在一百公尺外。彌生小心翼翼地展開跟蹤。

來到大馬路，他招了計程車。彌生跟著舉手攔下一輛，一說要尾隨前面的車，司機睜大眼。

「客人，您是刑警嗎？」

「我是CIA啦。」

約三十分鐘後，前頭的車停在一棟高樓大廈前。彌生請司機拉開一些距離停在後面，比尾藤晚幾步才進去。

踏入大門，尾藤搭的電梯恰恰離開。彌生注視著顯示樓層的燈號，電梯停在九樓。

彌生查看信箱，抄下九樓所有住戶的姓名，接著拿起一旁公共電話的聽筒。她打到查號台，查詢第一個住戶的電話號碼。與尾藤的號碼不同，於是她掛斷又重打，詢問第二個住戶的電話號碼。

打到第六通時，終於找到與尾藤同號的住戶。秋本裕一，這就是尾藤的本名。

彌生再次拿起聽筒，撥打他住處的電話。

「喂。」是他的聲音。沒自報姓名，大概是有時需要使用假名的緣故。

「秋本先生，你好。」

彌生一這麼說，他便「哦」一聲，短暫沉默後，嘆氣道：

「哎呀，妳怎麼知道的？」

「這不重要，你欠我一個解釋。」

「說來話長，我去找妳。」

「不行，我不想和你獨處。」

「我又被討厭了啊。」

「當然，誰教你撒謊。」

他長嘆一口氣。

「那就在外頭見面。這樣妳滿意了吧？」

「一定要在有人的地方。」

「那就選個寬闊的場所。」

他指定附近的大型公園。看來，他發現被跟蹤了。

「我剛洗完澡。二十分鐘後過去，等我一下。」

「好。」

放下聽筒，彌生看一眼手表，剛過六點。

來到公園，人比預期中多。仔細一瞧，幾乎都是銀髮族。彌生環視四周，發現原因：公園正在舉辦類似花市的活動，處處擺著盆栽。

彌生往長椅坐下，思索著秋本的行徑。他爲何要接近自己？連身分遭到揭穿，他也不慌張，純粹是演技好嗎？

秋本，AKIMOTO——

暗誦幾遍，彌生心頭一驚，忍不住倒抽一口氣。她腦海浮現孝典留下的「A」字。A，不就是AKIMOTO的字首嗎？

彌生再也坐不住，倏然起身。尾藤……不，秋本就是殺害孝典的凶手嗎？那麼，跟他見面豈不是非常危險？

彌生在花市裡來回走動。該怎麼辦？就算想報警，目前也沒有任何切確的證據。

這時，一塊招牌映入眼簾。在一堆盆栽旁，上面寫著「內有仙人掌」。

仙人掌？

她走到招牌前，注意到漢字旁小小附上「サボテン」（SABOTEN）這幾個日文讀音。

彌生靈光一閃。孝典照顧的仙人掌，與他說過的神祕話語連結起來。魔法師的手……仙人的手……仙人的手掌……仙人掌。

就是那座溫室！

彌生拔腿就跑。

8

這是彌生今天第二次來到健身俱樂部。早上才遭弘惠惡整，實在不願再來，但既然遺囑藏在這裡，實在由不得她。

她毫不猶豫地走進電梯，很快來到屋頂。在這個時間，此處空無一人。

彌生踏入溫室。環顧四周，只找到三株仙人掌的盆栽。她撿起一把小園藝鏟，插進最大的那盆。

傳來異樣的觸感。土裡埋有塑膠袋，她小心翼翼地取出，發現裡面裝著白紙。錯不了！

抽出紙，打開一看。首先映入眼簾的，是以遒勁挺拔的字寫的「遺囑」二字。

「遺囑

立遺囑人中瀨公次郎，針對後載私有財產之繼承，自書遺囑內容如下：

茲將長男中瀨雅之、長女中瀨弘惠應繼承之財產全額，給予現住所×××之畠山清美。」

彌生差點驚呼出聲，公次郎竟打算將所有財產留給清美。

得趕快通知龜田先生——

彌生暗想著，走出溫室時，旁邊蹦出一道黑影。對方繞到她身後，她來不及出聲，脖子就被勒住。

彌生奮力掙扎。從對方又粗又急的喘氣聲，聽得出是真的要下殺手。彌生拚命想甩掉對方，卻一點用都沒有。

她抬起右腳，用高跟鞋的鞋跟往對方踩下去。對方發出哀號，彌生趁著勁力稍鬆，甩掉他的手。

「啊，你是……」

中瀨雅之出現在眼前。他原本遮著臉，或許自知瞞不了，便張開胳臂逼近彌生。

「乖乖交出遺囑，反正妳留著也沒用。」

「你何時開始跟蹤我的？」

彌生不斷後退。

「早就開始了。我料定妳一定知道什麼，害我這幾天不能去打高爾夫球，也幾乎沒進公司。」

「潛入我住處的也是你吧？」

「葬禮那天，我看到妳和龜田一起離開，想趁機先查清楚。我去北澤那裡時，認爲往後可能有用，便帶走他那串鑰匙，果然其中一把就是妳家的鑰匙。」

即使交了男友，也不該隨便給對方家裡的鑰匙——彌生再次受到沉痛的教訓。

「你去過孝典的住處，那殺害他的……」

「不是。」雅之搖頭。「那天晚上，我確實去過他的住處，但他早就死了。」

「騙人！」

「眞的，是北澤寫信找我過去的。」

「寫信？」

「信上寫著，如果想要遺囑，準備五千萬圓帶到他住處，還附上如今在妳手中的遺囑影本。我看到大吃一驚，既失望又恨老爸。居然把中瀨家的財產全給來歷不明的小丫頭，天底下哪有這麼荒唐的事！」

「所以，你答應和他交易？」

背脊碰到屋頂上的鐵絲網，彌生往旁邊移動。

「我不得不答應。遺囑一公開，我一毛錢都拿不到，所以那天晚上我才會去找北澤。不料，他竟被殺害。」

「殺害他的是誰？」

「我不知道。總之，我的首要任務是拿到遺囑。可是，在北澤的住處怎麼找都找不到。一直待在現場很危險，於是我決定離開。坦白講，我很怕會被人發現，擔心得要命。」

「實在遺憾，是我找到。」

「不，我覺得十分幸運。因爲沒人曉得妳找到遺囑。來，交給我。」

雅之伸出右手，走近一步。

「我不會交給你。」

「妳眞糊塗。要是交給我，我會準備豐厚的謝禮。若是妳抵抗，我只得硬搶。」

「搶得到就試試。」彌生丟下一句，拔腿就跑。

「啊，可惡。」

彌生對游泳鍛練出的腳力頗有自信，但剛才成爲武器的高跟鞋，此刻卻變成她的致命傷。雅之很快追上。

「好了，妳死心吧。」

他一臉猙獰，朝彌生的脖子伸出手。我會被殺——彌生不禁閉上眼。然而，壓迫感突然消失。睜開雙眼，只見雅之倒在地上。

「正義的夥伴登場。」

秋本站在一旁。彌生當場癱坐，「怎麼不早點來！」

「別強人所難，我能猜到是這裡就很厲害了。妳不是極眞空手道二段嗎？」

「當然是唬人的啊。」

此時，雅之起身逃跑。

「啊，他跑了！」彌生大叫。

這回換彌生他們追趕。雅之逃進電梯，於是兩人衝下樓梯。彌生在途中脫掉高跟鞋。來到一樓，雅之剛要走出大門。秋本追上，彌生慢了幾步尾隨在後。其他客人投以關切的眼神，但此刻無暇顧及。

然而，彌生踏出門口，便傳來車輪的劇烈打滑聲，緊接著是碰撞聲。她心頭一驚，只見秋本茫然僵立在路旁。

9

彌生走出警署，秋本早已等在外頭。

「挨了一頓訓，怪我不及早報警。眞好意思說，還不是他們無能。」

「哎，別這樣講。他們手上沒半點解開字謎的線索。」

「字謎啊……」

秋本將一輛綠色BMW停在路邊，打開前座車門。

「我送妳回家，不過，先帶妳去一個地方。」

「帶我去哪裡？」彌生坐上車，望向他。「對了，你的眞實身分還沒告訴我。」

「就是要向妳解釋啊。」

秋本坐上駕駛座，發動引擎。BMW雖然被揶揄是「六本木Corolla」（*1），畢竟是高級進口車。開得起這種車，可見他有份不錯的工作。

「不過，剛才實在驚險。我一到公園，四處不見妳的身影，害我著急了一下。」

「仙人掌的謎，虧你解得出來。」

「別小看我。在那裡多晃幾圈，誰都會注意到寫著『仙人掌』的招牌。」

此刻回想，當時雅之已在跟蹤她。換句話說，彌生跟蹤秋本，雅之尾隨在後。她心底又忍不住發毛。

「中瀨雅之不知情況如何？」

「他似乎是骨折，沒有性命之憂，但尚未恢復意識。等他一醒，警方準備偵訊他。因爲他是殺害北澤最大的嫌犯。」

「可是，他本人否認。」

「妳覺得警方會相信嗎？」

不久，BMW駛進一棟大樓的停車場。下車後，秋本帶著彌生進電梯。走出電梯，在廊上前行一陣，秋本停下腳步，朝旁邊的門揚揚下巴。上面寫著「秋本法律事務所」。

彌生詫異地望著他，「你是律師？」

「別這麼意外好嗎……」

門一開，只見室內亮著燈，一個老人在後面的書桌寫字。老人抬起頭，打聲招呼：

「哦，辛苦了。」

「我來介紹。這是我爸，也是這家事務所的所長，秋本律師。」

「令尊……？」

「我的助手兼兒子，受妳照顧了。我也要向妳道謝。」秋本老人伸出皺巴巴的手，和彌生握手。

據老人說，不久前他還是中瀨家的顧問律師，自覺體力不堪負荷，趁這次處理繼承問題之際，交棒給兒子裕一。不料，遺囑失竊，甚至發生北澤的命案，裕一才會隱瞞身分，

＊1 一九八〇年代正值日本泡沫經濟巔峰，在夜店最多的六本木地區，晚上往往滿街BMW。此一戲稱，意味著BMW成爲當時日本民眾都買得起的國民車。

接近可能握有關鍵線索的彌生。

「只有龜田先生認識我，中瀨家的人完全不認得我，要欺敵很容易。」裕一解釋。

「幹麼不早點告訴我？」

「別這麼說，畢竟我們對妳一無所知。」

「好了、好了。總之，順利找回遺囑，實在慶幸。這話不能大聲說，儘管免不了掀起一場風波，但現在中瀨先生隨時都能安心往生。」老人滿意地點頭。

「還不能放心啊，中瀨雅之否認殺害北澤。」

「你相信那種草包的話？」

「雖然不相信，但總覺得哪裡不痛快。首先，那份遺囑十分可疑。不管怎樣，全部財產都給畠山清美，不會做得太絕嗎？」

「沒什麼絕不絕的，既然白紙黑字這樣寫，事實就是如此。我仔細調查過，那份遺囑是正本，筆跡也是中瀨公次郎先生的無誤。」

聽著父親自信滿滿的話，秋本裕一盤起雙臂，發出沉吟。

「可是，還有一個謎團沒解開。」彌生出聲，「就是A。我們依然不曉得孝典留下的A是指什麼。」

「唔，還有一個字謎啊。」秋本不禁提高音調。

10

翌日清晨，彌生被電話鈴聲吵醒。她語氣不善地拿起聽筒，便傳來秋本的話聲：「早啊，妳似乎睡得挺熟。」

「一大早有什麼事？你不曉得睡不滿八小時，對女人的肌膚不好嗎？」

「眞是抱歉。不過，這個消息應該能讓妳醒醒神。公次郎先生去世了。」

「咦，什麼時候？」

「就在剛才。我們立刻準備公開遺囑，我來通知妳一聲。」

一掛斷電話，彌生便換下睡衣。

抵達律師事務所後，只見秋本難得一身西裝。他父親已前往中瀨家。秋本要去法院提出遺囑，必須在那裡公證。

「公證後，遺囑就會生效？」

「不，只是確認遺囑內容，跟生不生效沒關係。公證後也可申請無效。話雖如此，按目前的情況，應該沒問題。」

「那份遺囑一公開，眾人會很驚訝吧。」

「大概吧。尤其是他的女兒中瀨弘惠，恐怕會極爲震驚。」

想到弘惠，彌生湧起複雜的情緒。弘惠以爲找到新遺囑，就能領到更多遺產，做夢也想不會到減少吧。何況是一毛錢都分不到……

「可是，我實在難以接受。總覺得那份遺囑的用字遣詞不太對勁。『將中瀨雅之、中瀨弘惠應繼承的財產全額，給予畠山清美……』，何必特意列出兩個孩子的名字？『所有財產都由畠山清美繼承』，這樣不就好了？」秋本往椅子一坐，雙手交握在後腦勺，瞪著天花板。

「那是他的自由吧，約莫是想強調『不給你們』。」

「怪就怪在這裡。這兩個孩子確實不怎麼優秀，但公次郎先生還是十分關愛他們。分一些給畠山清美是理所當然，但全部給她……」

秋本伸出手，在結霜的玻璃窗上，以指尖寫出「全額」二字。彌生愣愣看著，腦中似乎有個肥皂泡泡破掉。

「難不成……」她喃喃自語。

「咦，怎麼了嗎？」

「目前還不清楚。可是，我的推理或許是對的。方便讓我看看遺囑嗎？」

「可以是可以，不過妳想到什麼？」

「A的字謎呀！搞不好，會有意想不到的大逆轉。」

11

中瀨公次郎的葬禮，在他逝世後三天舉行。一切都極盡豪華，是一場無愧於中瀨興產社長名譽的葬禮。

葬禮結束，中瀨家的相關人士齊聚宅邸的客廳，等待宣布遺囑。這是第二代顧問律師秋本裕一的第一件任務。彌生儼然是他的助手，一同出席。

「接下來，宣讀中瀨公次郎先生的遺囑。」

秋本從公事包中取出文件，以平板的語調一字一句念完。聽到『全額給予畠山清美』的部分，全場譁然。

「怎麼可能！」

「簡直是瘋了。公次郎先生罹患腦部疾病，才會寫下這種遺囑。」

一眾親戚滿口怨言。清美在角落低著頭，一動也不動。

「那份遺囑，方便讓我看看嗎？」弘惠率先起身。

「可以，請看。」秋本遞出遺囑。

弘惠盯著遺囑半晌，抬起臉，搖搖頭。

「這是僞造的。你能證明這是我父親寫的嗎？」

「上面的簽名確實是公次郎先生的筆跡，印鑑也是眞的。」

「在我看來，跟父親的筆跡有微妙的不同。」
「您多心了。要是不相信，不妨找公次郎先生寫的字來比對。」
秋本提出建議，弘惠點點頭。
「當然。龜田先生，有沒有適合的參照物？」
遭到點名，龜田略加思索，雙手輕輕一拍。
「記事本應該挺適合。社長用來記日程、寫些備忘事項。約莫是放在書房的書桌抽屜裡。」
「我明白了。那麼，呃……」秋本環視一周，目光停在清美身上。「不好意思，能否麻煩您去拿記事本？」
「啊，好的。」清美小聲回答後，離開客廳。
「再來就等結果了。」
弘惠沉著臉，望向其他親戚，冷冷開口：「各位都聽到了，目前事情與各位都沒關係。假如證明遺囑是僞造的，會再進行聯絡，今天請回吧。」
一名中年男子站起。
「慢著，遺囑究竟是不是僞造的，也讓我們確認一下。萬一是僞造的，便與我們有關。那表示有效的是另一份遺囑。」
弘惠哼一聲。

「你以爲我會撒謊？我巴不得那份遺囑是假的。」

弘惠一瞪，中年男子無話可回。於是，一眾親戚嘴裡咕噥著，三三兩兩離開。留下令人窒息的沉默，沒人出聲。

不久，傳來一陣腳步聲，清美回到客廳。

「抱歉，花了一點時間找。啊……其他人呢？」

「無關的人都被請回去了。哦，就是這本嗎？」秋本接過黑皮記事本，快速翻閱。「看來似乎沒寫什麼，這樣無法比對筆跡……哦？」只見他的手一頓。

「怎麼了嗎？」龜田發問。

「眞令人驚訝。記事本上的內容，和遺書幾乎一模一樣，大概是草稿。」

「上面寫什麼？」弘惠語氣焦急。

「一樣啊。『茲將長男中瀨雅之、長女中瀨弘惠應繼承之財產全額，給予現住所×××之畠山清美』，是這麼寫的。」

「全額啊。」弘惠嘆一口氣。

「是的，全額。」

「唔……我不曉得該說什麼。」清美一臉爲難，「事情變成這樣，我到底該怎麼辦？」

「妳不必爲難。」秋本柔聲勸慰。

「眞的嗎？可是，這麼多財產由我獨得……」
「所以，我說妳不必擔心。這份遺囑無效，眞相已水落石出。」
咦，清美的神情一僵。秋本面向她，繼續道：
「仔細看這份遺囑，只有一個疑點，就是『仝額』的『仝』字。這是用鋼筆寫的，但藉著亮光，便會發現墨水顏色有微妙的不同。於是，我們推測本來不是『全』，而是這個字。」
秋本拿筆在自己的筆記本空白處，大大寫下「仝」。
「這是『同』的古字。換句話說，遺囑的內容爲：『茲將長男中瀨雅之、長女中瀨弘惠應繼承之財產仝額（同額），給予現住所×××之畠山清美。』公次郎先生打算把財產均分給三個孩子。我們調查過公次郎先生的親筆文件，證明他經常使用古字『仝』。」
「那麼，是有人後來加上一畫嘍。」弘惠撇著嘴，望向清美。「當然，就是加上一畫後能獲得好處的人。」
「所以，我們不得不懷疑妳。只是，關鍵在於確認的方法。因此，儘管是權宜之計，我們仍設下一個陷阱。」秋本拿起記事本。「其實，這是我們安排的。遺囑的草稿也是模仿公次郎先生的筆跡寫的。」
清美的臉色驟變，「你說什麼……」
「記事本上原來是這樣寫的：茲將長男中瀨雅之、長女中瀨弘惠應繼承之財產『仝額』，給予現住所×××之畠山清美。現在一看，『仐』變成『全』，多出一畫。是誰動的手腳？辦得到的人，清美小姐，只有妳。受到指名去拿記事本，爲了保險起見，妳偷看內容，發現遺囑的草稿，便匆匆改寫。」

清美閉緊嘴巴，似乎想反駁，卻找不到話語。

「我就不問妳理由。大概是想獨得所有財產，不願與弘惠小姐他們均分吧。其餘的部分，請向警方訴說。別忘了，還有殺害北澤孝典一事。」

客廳的門突然打開，森本刑警等人出現。

清美握緊雙拳，瞪著秋本站起。

「少自以爲是，你根本什麼都不懂。」

罵完，清美推開刑警，走出門外。

12

「所以，究竟是怎麼回事？」

秋本老人問兒子。他們在秋本律師事務所。

「一切的開端，是北澤發現那份遺囑。不是有人拜託他，而是他碰巧發現，隨手帶走。後來他去找清美，是想做交易。」

「所謂的交易，就是僞造遺囑？」彌生開口。

「對。只要把『全額』改成『全額』，財產就都歸清美所有。公次郎先生康復無望，將遺囑悄悄放回去，便神不知鬼不覺。北澤提出的條件是，他會保守祕密，但要三分之一的財產。」

「清美答應他？」

「正確地說，是假裝答應。」秋本向父親解釋。「清美一直對公次郎先生和他們一家人懷恨在心。考慮到她的境遇，不是不能理解。她會突然現身，也是爲了搶奪中瀨家的財產。北澤的提議極有吸引力，只是，她不願一生遭北澤糾纏。於是，她決定假意承諾，殺掉他。既然要殺人，得找一個代罪羔羊，草包雅之因此雀屏中選。清美藉口確認遺囑，向北澤索取影本，附上一封恐嚇信，寄給雅之。內容寫著，想要遺囑就帶五千萬圓過來。重點在於，五千萬這個少得出奇的金額。如果是這個金額，她認爲雅之會毫不猶豫地赴約。」

「清美的計畫是，在雅之抵達前殺死孝典，搶走遺囑逃跑吧。」

「偏偏怎麼找都找不到遺囑，再拖下去雅之就要來了，只得先離開。但她非常擔心，萬一雅之發現遺囑，一定會銷毀。」

「幸虧是我找到遺囑。更走運的是，草包雅之發生意外。」

剛剛接到聯絡，雅之總算漸漸恢復意識。

「要是他死掉，情況對清美更有利。即使沒死，殺害北澤的嫌疑也會落在雅之頭上。

清美只要遵照遺囑，繼承全部財產——她大概是如此盤算。」

「唔，全部財產啊……」秋本老人噘起下唇，緩緩搖頭。「眞傻。不僅傻，也白忙一場。」

「白忙一場？」彌生反問。「雖然清美很傻，但不算白忙一場吧？如果一切順利，她就能獨占龐大的財產。」

「然而，事情並非如此。」一旁的秋本解釋。「儘管應該尊重遺囑，卻不是絕對的。所謂的『特留分制度』，規定遺產繼承的比例，法律效力大於遺囑。即使遺囑上寫明所有財產留給清美，但雅之和弘惠並不會一無所有。在這一點上，他們是白擔心了。」

「原來是這樣。清美實在太傻，要是什麼都不做，就能得到三分之一的財產。」

「這大概不是她的犯罪動機，不過……」秋本在旁邊的白板上寫下「仐」字，「眞的好險，要是沒注意到，事情就麻煩了。」

「你得感謝我。」彌生說。

「哦，察覺不對勁的是彌生小姐啊。」秋本老人對她投以佩服的目光。「妳到底是怎麼知道的？」

「因爲A。」

「A？」

「北澤孝典的死前留言。他寫的不是羅馬字母的A，而是『仐』或『仐』的上半部。

他可能沒寫完就斷氣。」

秋本在窗戶上寫「全額」二字時，彌生靈光一閃。爲中瀨公次郎翻譯文件時，彌生便發現他常用「仝」字。

「原來如此，看起來的確是A。」老人以手指試寫數次，連連點頭。

「不過，整件事眞複雜，最後還來個字謎。如果沒有妳，眞的破不了案。謝謝。」

「就這樣？你沒想到要送個禮之類的嗎？」

「啊，對了。我忘記一件重要的事。」秋本從懷中取出便條紙。「聽警方說，北澤孝典在東京柯迪希亞飯店，預約十二月二十四日的套房，並在頂樓的法國餐廳訂位。」

「二十四日？那不就是聖誕夜嗎？」彌生頓時挺直背脊。「好棒喔，柯迪希亞的聖誕夜，通常半年前就會訂滿。」

不管有沒有女友，先訂好聖誕夜的飯店——這是年輕人最近的流行。事前準備不足，就必須爭奪當天取消的飯店客房。萬一搶輸，不僅無處可去，往往也保不住女友。

「據飯店表示，北澤是一年前預約。浪費掉實在可惜，我就接收了。如何，反正妳死了男友，聖誕夜很閒吧？」

彌生一陣火大，隨即靈光一閃。

「法國餐廳我可以奉陪，但飯店暫時保留。我要用完餐再考慮，你先擱著。」

「哦，聽起來我滿有希望的。」秋本一臉意外。他提出邀約時，八成都是半開玩笑。

「這個嘛……你說呢？」彌生故意偏著頭。

她當然沒打算和秋本過夜。等一下聯絡幾個異性朋友吧。當中有幾個呆瓜還沒訂到聖誕夜的飯店，正不知如何是好。

超高級飯店的套房——究竟值多少錢呢？真令人期待。

REIKO與玲子

1

中午開始飄的雨，到了晚上轉爲眞正的大雨。雨點颯颯有聲地打在路面。帶著泥的水，形成一條小河，流入排水溝。

一個年輕女孩撐著傘站在路邊。在沒有路燈的小路上，一旁酒行設置的自動販賣機和公共電話可說是唯一的光源，女孩反倒像要遠離這道微光。

這時，不知從何處冒出一名男子。一名肥胖的中年男子。撐著黑傘的男子經過年輕女孩前方時，肆意打量她的臉和全身。但女孩不爲所動，仍看著斜下方。

中年男子停在酒行的自動販賣機前，往灰色長褲的口袋摸索，鏘鎯鎯地取出零錢。剛要放進投幣口時，他嘖一聲。

男子將零錢塞回口袋，目光掃過幾台販賣機。不曉得哪裡不滿意，穿著長靴的他朝機器一踢。

「搞什麼鬼！」他罵道。不知是他自言自語，還是意識到旁邊的年輕女孩才這麼說。她依舊面無表情。

男子東張西望，最後離開自動販賣機前，沿來時路折返。那時，他也緊盯著女孩，從上到下把她看了個遍。

中年男子離去的方向，出現另一名男子。高個子，一身米黃色西裝。他似乎也注意到路邊有個女孩，但只稍微撐高傘瞥一眼，並未特別在意，便從她面前經過。

他在酒行前停下腳步，走近公共電話，而非自動販賣機。歪著頭把傘夾在肩上，以彆扭的姿勢從口袋取出一張小紙條，放在話機上。然後，拿起聽筒，插入電話卡。

女孩開始移動。只見她背脊挺得筆直，走起路身體幾乎沒有上下起伏，從後方接近穿雨衣的男子。

或許是察覺到動靜，男子撥完號，回頭一看。與女孩視線交會，他頓時愣住，臉上浮現驚訝之色，彷彿想說什麼。

然而，還來不及開口，女孩便撞也似地撲進男子懷裡。男子痙攣一陣，鬆開手中的傘和聽筒。聽筒垂掛下來，撐開的傘掉落地面，像陀螺般轉一圈。

男子雙手抓住女孩的肩膀，遠看恍若情人相擁，臉卻醜陋地歪曲。他的嘴巴動了動，彷彿要喊叫，卻發不出聲。

女孩離開男子。男子往前一步、兩步，跌倒般雙膝跪地，直接撲倒。他胸口插著一把刀，傷口滲出血。他試圖減輕傷口的疼痛，倒地後仍像蛇般扭動。

女孩站在一旁，看著男子。雨下得更大了，毫不留情地打在痛苦的男子身上。不久，男子不再動彈，女孩蹲下握住刀柄，試著抽出。男子毫無反應，女孩很快地完全抽出刀子，傷口只流出少許血。

她拿手帕裹起刀子，收進單肩側背的小包包。然後，她將雨傘轉呀轉地，消失在黑暗中。

2

凌晨三點多，淺野葉子回到住處的公寓。雨勢稍微轉小，之前設定爲高速運轉的雨刷，現在也調回正常速度。

葉子租的車位，在停車場最靠邊的地方。將藍色賓士倒車停好後，她下車撐起傘，準備走向公寓的腳步一頓。有人蹲在緊鄰的腳踏車停車場。

葉子戰戰兢兢靠近。那是個年輕女孩，一身白襯衫，及最近很少看到有人穿的飄逸大紅長裙。她坐在不知是誰丟棄的雪地輪胎上，雙手交握在膝上，臉埋在其中。

「妳在這裡做什麼？」葉子出聲。女孩一動也不動，葉子靠得更近，搭著她的肩搖了搖。「怎麼了嗎？」

遭人搖晃幾下，女孩終於直起上身。她的面孔比葉子預期的還稚氣未脫。約莫十六、七歲，搞不好更小。雪白的臉頰，及一雙鳳眼，令人印象深刻。那雙眼睛有些睏倦地眨了眨，看到葉子，身體頓時後縮。「妳是誰？」

葉子吐出一口氣。

「提問的是我。妳怎麼會在這裡？」

「我走累了，想休息一下……」

「走累了？」
女孩點點頭。
「對。這裡有屋頂，不會被雨淋濕。」
「妳是從哪裡走來的？」葉子問。「像妳這麼年輕的孩子，有必要在這種時間走得這麼累嗎？」
「因爲……」女孩眼神悲傷，「我沒地方去，只能一直走。」
「沒地方去？妳離家出走嗎？」
她搖搖頭，「我不知道……」
「不知道？」葉子皺起眉，「怎麼說？妳怎會不知道自己在幹麼？」
「就是不知道啊，我也沒辦法。」女孩再度彎身，把臉埋在雙臂中。
葉子刻意大大嘆氣。
「好吧。不管妳從哪裡來，都跟我沒關係。小心別感冒。」
她一轉身，再度走向公寓。準備上樓前，回頭一望，只見女孩又恢復原先的姿勢。
葉子折返腳踏車的停車場。
「我送妳。妳家在哪裡？」
女孩沒回答，以晃動全身的方式搖頭。
「什麼意思？妳不想回家嗎？可是，待在這種地方，接下來妳有何打算？我保證不會害妳……」

這時，女孩抬起頭，眼中滾落淚水，濡濕臉頰。葉子張著嘴，本來要說的話接不下去。

「不知道，我想不起來。」女孩應道，「我不知道自己從哪裡來，也不知道要去哪裡。而且……想不起我到底是誰。」

「咦……」葉子低頭看著女孩，頓時無言。

「一回過神，我就一直走。根本不知道我爲什麼半夜會在外面，又只能走……然後，就來到這棟公寓前。」

女孩抱著頭，顯得慌張無助，不像在撒謊。聽起來，她是喪失記憶？

總之——葉子開口；「總之，妳待在這種地方不太好。把年輕女孩丟在這裡，我心裡也不舒服。」

「那麼，我該怎麼辦？」

「先到我家，至少妳可以休息一下。」

女孩哭腫的雙眼直盯著葉子，臉上浮現高度警戒的神色。

「不必擔心，我不會把妳烤來吃。」葉子苦笑。「要是不喜歡，妳隨時都能離開。」

女孩陷入沉思。若是眞的失去記憶，她多半很害怕，應該對葉子的提議求之不得。但失去記憶，不代表失去判斷力，或許她正在評估葉子是否足以信賴。

一段沉默後，女孩緩緩站起。「我想喝點熱的。」

「我也是，來泡紅茶吧。」葉子點點頭。

3

發現屍體的是深夜的計程車司機。那是在紅燈區載的客人下車後，折返紅燈區途中的事。

「當時接近兩點，我想買罐咖啡提提神，就走了這條路。平常我幾乎是不走這裡的。然後，就看到有人倒在那邊，而且死掉了啊，簡直嚇壞我。」

司機向刑警說明。大概是過膩無聊的日子，他一副興奮的模樣。

「附近有沒有人？或者，前往酒行的路上，有沒有和誰錯身而過？」資深刑警忍著哈欠問。睡到一半被挖起來，腦袋還不是很清醒。

司機歪著頭回答：

「這個嘛，好像沒人。畢竟是那種時間，當然不會有人。」

看到屍體後，刑警確定是他殺。胸前有刀傷。鑑識課員推測凶器是單刃的刀。而且，刀刃沒什麼厚度，可能是稍微大一點的水果刀。

「有沒有濺血？看起來血噴得不多。」刑警問鑑識課員。

「幾乎沒有。」鑑識課員回答。「凶手是等到斷氣後才拔刀。擔任幫浦的心臟停止運作，血沒有噴出來的道理。」

原來如此——刑警贊同。

藉由死者攜帶的證件，很快查明身分。姓名是前村哲也，任職證券公司的上班族，二十九歲。亞曼尼西裝，勞力士手表。皮夾裡有現金二十萬圓，及各種信用卡、計程車的乘車券。不到三十歲的年輕人居然這麼有錢，刑警暗想著。總之，可以確定不是強盜殺人。

死者不住這附近，而且電話卡還插在旁邊的公共電話上，推測是來找什麼人，正要打給對方時遇襲。話機上有一張白色小紙條，寫著聯絡號碼。

半夜造訪，對方可能是女人——資深刑警暗忖。被害者的女友應該住在這附近，雖然凶手未必是她。

不久，在路邊找到疑似被害者開來的車。深藍色全新的豐田高級房車Celsior，一名年輕刑警估計這個規格至少要價六百萬。幾個低薪的公務員做筆記時臉都很臭。

推定的死亡時刻，約爲深夜一點至兩點。計程車司機供稱，是在將近兩點時發現屍體。儘管是深夜，不太可能幾十分鐘都沒人經過，因此應該是一點半之後行凶。

附近的查訪工作要等天亮後再進行。話雖如此，警方自知得到有力線索的希望不大。畢竟是半夜，而且這條路行人本來就少。再加上，稍早不斷下著大雨，即使發出些許聲響，也會淹沒在雨聲中。

「我們休息到早上，屆時雨應該也停了吧。」

轄區的警部望著天空。

他的預言準確，天亮後果然轉晴。刑警依照上司的指示，到附近查訪。幾乎所有居民都不曉得發生命案，對刑警的來訪十分困惑。昨晚一點到兩點之間，有沒有看到可疑人物、聽到任何聲響？聽到這些問題，大部分的人都回答「在睡覺所以沒注意到」。

然而，不久後出現一個意想不到的重要證人。有人表示曾看見被害者。是附近一家小書店的老闆。

據老闆描述，昨天深夜兩點前，他去酒行買罐裝啤酒，但附設的自動販賣機都顯示「暫停」。按照規定，夜間十一點到次日清晨五點，這段時間自動販賣機禁止販售酒類。只是，對小零售店而言，這是一筆不小的收入，以往並未嚴加取締。後來，顧及這會成爲誘發未成年飲酒的漏洞，當局加強取締，最近幾乎每家店都在深夜暫停自動販賣機。書店的老闆忘記這件事，空手而回，路上與疑似被害者的男子擦身而過。

「是這個人嗎？」

刑警取出照片，進行確認。那是由前村的證件照放大加洗出來的。其他刑警也是拿這張照片到處查訪。

書店老闆大大點頭。

「錯不了。我納悶著這麼大半夜的會是誰啊，就看了他的長相。」

「對方是一個人嗎？」

「就他一個人。」

「有沒有不尋常的樣子？好比行色匆匆之類的。」

「唔，我沒注意那麼多。」

「手上有沒有拿什麼東西？」

「有沒有啊……我認爲他空著手。一手插在口袋裡，另一手撐傘。」

「昨晚只看見這名男子嗎？」

刑警一問，書店老闆微微傾身向前。

「不是，跟你說，我看到酒行旁站著一個女人。不對，應該說是女孩。」

「女孩？大約幾歲？」刑警湊過去問。

「我想想，差不多是高中生的年紀，相當漂亮的女孩。起先，我以爲她是做生意的，不過做生意的不可能會站在那裡。」

老闆露出好色的笑容，舔舔嘴唇。他指的是賣春。或許他本來是想照顧一下女孩的生意——刑警猜想著，沒說出口。

「她在做什麼？」

「什麼都沒做，只是呆呆站著。大概在等人吧。」

「她手上有東西嗎？」

「這個嘛，我不太記得。」

「服裝呢？」

「我覺得很普通……不是緊身迷你裙。」

「既然說是相當漂亮的女孩，應該記得她的長相吧？」

「記得、記得，臉蛋好像洋娃娃。」

書店老闆一臉垂涎，看來是從頭到腳仔細打量過。這類型的男人，遇到年輕女孩就不懂什麼叫客氣。

「她的外貌有何特徵？比如個子高，或纖瘦之類的。」

「個子不矮，也不算瘦。最近的女孩發育都很好，總之，身體是發育好的。要是穿上緊身迷你裙，就是成熟的女人。」

果然仔細打量過人家——刑警終於確定。當然，這樣比較有利於辦案。

警方以書店老闆的描述，繪製女孩的肖像畫。老闆看到成品，大讚畫得極像。

於是，肖像畫立即發給調查員，以便進行查訪。

4

葉子睡到自然醒，望向時鐘，才八點多。平常星期六她都會睡到中午，何況昨天那麼晚睡，可見心情果然不平靜。

葉子換好衣服走出寢室，只見女孩裹著毛毯，在客廳的沙發上發出均勻的鼻息。桌上放著喝一半的奶茶。昨晚女孩喝著奶茶，說一會話，不久就睡著。葉子從隔壁房間拿毛毯來幫女孩蓋上，她似乎累壞了，在她腦袋下方墊抱枕代替枕頭時也沒醒來。

葉子在洗臉台洗臉，邊想起女孩的話。什麼都不記得，回過神就走在路上。問她對這附近有沒有印象，她回答似曾相識，又像是第一次來。

眞的會有這種事嗎？眞的是這樣啊，女孩的眼神有些悲傷。

葉子洗完臉，客廳傳來呻吟聲。她立刻衝出去，發現女孩在沙發上扭著身子痛哭。

「怎麼了？冷靜點。」

葉子抓著女孩的肩搖晃，女孩停下動作，緩緩睜開眼。充血的瞳眸望著葉子。

「怎麼回事？」葉子再次問道。

「我、我……」女孩的目光空洞，「我是昨天來這裡的，對不對？是妳救了我……」

「是啊。妳說失去記憶，現在想起什麼嗎？」

女孩失焦的視線在半空中飄移。

「我似乎在夢裡看到一些景象。我穿著國中制服……對，在準備文化祭。」

「文化祭？」

「我在學校做衣服做到很晚。我們班要演話劇……」女孩皺起眉，雙手按住太陽穴，彷彿要抑制頭痛。「不行，後來我就不知道了。而且，我很想吐。」

「我幫妳倒杯水。」

喝光一杯水，女孩稍稍鎮靜。

「抱歉，給妳添麻煩了。」女孩把杯子還給葉子。「方便借一下浴室嗎？等我把汗沖一沖，洗個臉就會走。」

「妳有地方去嗎？」

女孩搖搖頭。

「那麼，妳有何打算？」

女孩拉過一旁的抱枕，抱在懷裡。

「我想在這一帶走走，等待記憶恢復。」

「好不可靠的辦法。」

「我不曉得還能怎麼樣呀。」

「冷靜下來，想一想。」葉子在面前豎起食指。「首先，要找出線索。妳身邊有沒有帶著什麼東西？」

「我也不清楚。」她偏著頭，不太有把握。

「昨晚我發現妳時，妳身上大致是乾的。所以，妳應該是撐著傘來到這裡。妳記得傘放在哪邊嗎？」

「傘？」思索片刻，女孩的眼神恢復明亮。「對了，我真的帶了傘。右手撐傘，左手抱著小包包……」

「包包？」葉子傾身向前，「妳帶著包包？」

「嗯，我記得有帶。那把傘和包包，放在哪裡呢？」

「妳在這裡等著，我去腳踏車的停車場瞧瞧。」

葉子離開住處，來到腳踏車的停車場。昨晚女孩坐的輪胎後方，掉落一把傘和小包包。白色包包的蓋子掀開，護唇膏差點掉出來。

葉子將傘和包包帶回住處，浴室傳出淋浴聲。

不久後，洗臉台一側的門打開，女孩拿浴巾擦著頭髮，探出腦袋，臉頰因熱氣泛紅。

「我借用了洗髮精和洗面皂。」

「請用。對了，妳記得這個嗎？」

葉子遞出包包，女孩大大點頭。

「我想就是這個。在腳踏車停車場找到的嗎？謝謝。」

「幸好沒被野狗叼走。」

葉子在沙發上看報，見女孩洗完臉出來，她暗自吃驚。明明沒化妝，只是洗個臉，她身上便增添洋娃娃般的可愛，與蠱惑人心的魅力。

「妳是醜小鴨變天鵝的模式啊。」葉子說著，心裡很羨慕女孩的青春洋溢。「我還以爲是哪一國的公主。」

女孩在對面的椅子坐下，隨即打開小包包，把東西倒出來。錢包、面紙、鑰匙掉落在桌上。錢包是Gucci的，但這年頭高中女生有個名牌錢包一點也不稀奇。
「裡面應該會有線索。」
「但願如此。」
女孩不安地打開錢包。幾張千圓鈔，也有零錢，再來就只有電話卡，沒有與身分相關的物品。
啊！女孩看著錢包，「上面有一些英文字母。」
「我看看。」
葉子湊過去，發現錢包內側刻著「REIKO」。約莫是購買時請店裡刻的吧。
「看來，REIKO是妳的名字。很好聽呢。」
「眞的是我的名字嗎？」
「不是也沒關係，我先叫妳REIKO吧。沒有名字實在不方便。」葉子拿起鑰匙。
「這是房子的鑰匙吧？大概是妳家的鑰匙。」
「不曉得是怎樣的地方。」
「說得好像跟妳無關。」葉子把鑰匙放回桌上。「沒辦法，就採納妳的提議，外出走走吧。沿著妳昨晚來到這棟公寓的路，搞不好能走回妳失去記憶的地點。」
「會這麼順利嗎？」
「不知道，不過値得一試。在那之前……」葉子雙手往膝上一拍，站起身。「先塡飽肚子吧，餓著肚子腦筋無法運轉。」

「啊啊，太好了。」女孩一笑。「我肚子餓得要命，快餓死了。」

「妳也要幫忙。炒個蛋妳應該沒問題吧？」

「看我的，」女孩跟著起身，「蛋類料理我很拿手。」

「拿手？」葉子看著女孩，「這種事妳倒是記得。」

聽葉子這麼說，女孩困惑地偏著頭。

「眞的耶，好奇怪。不過，我覺得蛋類料理可以做得不錯。」

「我買了不少蛋。如果能幫妳找回記憶，儘管拿去用。只是，多做的妳要自己吃，我正在減肥。」

REIKO笑著點頭。

5

上午，警方查出前村哲也已婚，目前與妻子分居。妻子名叫加津子，獨自住在套房式公寓。刑警來訪時，她正在穿鞋準備出門上班。她在附近百貨公司的化妝品賣場工作。可能是這個緣故，她的妝容十分脫俗，更襯脫出她精緻的五官。

刑警告訴她前村遇害的消息，加津子驚訝得闔不上嘴，接著皺起眉，反問：「這不是眞的吧？」

「很遺憾，這是事實。」刑警公事化地回答。

加津子頓時僵住，而後身子一晃，伸手扶著鞋櫃。

「是誰下的手？爲什麼要殺他？」

「現階段案情還不明朗。」

加津子長長吐出一口氣。

「他……被殺了啊。怎麼會……不會吧……」

事出突然，她不知如何反應，反覆說著「眞不敢相信」，看起來倒是不怎麼難過。

「依現場的狀況判斷，似乎不是臨時起意或強盜殺人。不曉得您有沒有什麼線索？」刑警問。

加津子臉也不抬地搖頭。

「我怎麼會知道？我們都分居半年了。」

「上次見到您先生是什麼時候？」

「什麼時候啊……我們好久沒見……請問，可以失陪一下嗎？我想向公司報備會晚到。」

「哦，請便。」

加津子脫鞋回到屋裡，鐵青著臉打電話，以較爲冷靜的語氣說著，因爲親戚逝世，今明兩天要請假。

她一放下聽筒，刑警便問：「最近有沒有與您先生通話？」

「大概一週前吧，是他打來的。」

「如果方便，想請教通話的內容。」

她猶豫片刻，回答：「是談離婚的事。他的想法很自私，一毛錢都不想出。可是，無論如何我都要他付贍養費，於是又像平常一樣吵起來，沒達成任何結論就掛斷。」

「贍養費……這麼說，分居的原因出在您先生那邊？」

「嗯，是的。他……」加津子嚥一口唾沫，繼續道：「在外面有女人。他常晚歸，有時還會在外面過夜……他說是去住膠囊旅館，肯定在撒謊。」

「肯定在撒謊……那麼，您先生不承認有外遇嘍？」

加津子點頭。

「他一直裝傻，可是我感覺得出來。有一次，他襯衫鈕子快鬆脫，卻在我不知情的狀況下縫好。我一質問，他推託是請公司的女職員幫忙縫的。誰會相信？我追問對方的名字，他便假裝發脾氣，說什麼『這一點也不重要，妳就不能相信自己的丈夫嗎？』。相同的事發生好幾次，我不想繼續和他走下去。所以，約莫半年前，我獨自搬出來。」

「您知道他的對象是誰嗎？」

加津子一臉厭煩地搖頭。

「我很想抓住他的把柄，但沒那麼簡單。我想不出是哪裡的女人，也曾打算找徵信社，可是聽說收費不便宜，便一直拖著。」

「要是您先生眞的有那樣的對象，用不了多久就會查出來。」刑警說。

爲了認屍與製作詳細筆錄，刑警請加津子一同前往警署。雖然不太樂意，她並未拒絕。

加津子留在警署裡約兩小時。認屍很快結束，警方卻一再針對丈夫的外遇對象反覆追問，然而，並未從她口中得到有用的線索。

最後，警方給她看一張肖像畫。那是一個年輕女孩，加津子沒見過她。

「這個女人就是他的外遇對象嗎？」加津子反問刑警。

「不，還不確定。只是有人在案發現場看到她。如果是外遇對象，似乎太年輕。」

加津子再度審視那張肖像畫，應道：「嗯，應該不是。」

「您爲何這麼想？」刑警問。

「那不是他的菜。」

加津子略略抬起下巴，表示丈夫喜歡的是這種長相。

6

「如何？有沒有快想起來的感覺？」沿REIKO昨晚的來時路往回走，葉子問。

REIKO搖頭，「沒有，什麼都想不起來。」

「那我們再往前看看。」

這條路不寬，卻有許多大卡車頻繁往來。兩側設有護欄。REIKO記得曾經過這裡。步行一陣，來到一個十字路口。實際上，這是T字路口，直行的路頗窄，大型車禁止進入。

「記得妳是從哪邊過來的嗎？」

葉子一問，REIKO不太有把握地指直行的小路。「好像是那條路。」過了紅綠燈往那條路走，不久REIKO的記憶漸漸模糊。

「我不知道。這個地方似乎有印象，可是我不曉得是怎麼過來的……」

看樣子，記憶消失的原因，就在這附近。葉子環顧四周，發現一家小香菸鋪。

「妳在這裡等，我去打聽昨晚有沒有發生不尋常的事。」

吩咐REIKO在電線桿後面等，葉子步向香菸鋪。只見一個穿灰色西裝的男客，遞給顧店的老婆婆一張畫。

「不像畫上的人也沒關係，有沒有看過年紀差不多的女孩？」男子問。老婆婆神情有些不耐煩。

「附近的女孩看上去都一樣。」

「把您想到的名字都告訴我就行。」

「我不曉得她們叫什麼名字，誰會一個個問啊……哦，歡迎光臨。」老婆婆注意到葉子，露出歡迎的笑容。
「我要一包ＬＡＲＫ。」葉子遞出一張千圓鈔票。本來打算接著發問，但看到男子手上的畫，頓時把話吞下肚。那張畫上的人酷似REIKO。調整好呼吸，她佯裝愛湊熱鬧，丟出一句：「那張畫是做什麼的？」
「沒有，沒什麼。」男子匆匆把畫折起來。「婆婆，要是想起什麼，請跟我聯絡。」
「好好好。」
男子隨即離開。接著，老婆婆把一盒ＬＡＲＫ和零錢放在葉子面前。
「今天早上，前面發生命案，他們就是來問這件事。」老婆婆小聲告訴葉子。
「命案？」
「聽說是一個年輕人胸口被刺，一大早刑警就上門好幾次，問有沒有在附近看到奇怪的人、有沒有看到誰掉了刀之類的。」
「剛才那張畫像……」
「不清楚是怎麼回事，沒明講，不過應該是凶手吧？看起來是個女孩，最近的小孩挺可怕的。」
「哦……謝謝。」葉子手心汗濕。
葉子接過香菸走回去，只見女孩坐在電線桿旁。葉子的手放在她肩頭，她嚇一跳，渾身一顫。

「沒有收穫，我們先回去吧。」

「爲什麼？」

「我想到一件事。總之，先回去擬定作戰計畫。」

「好。」

葉子帶著REIKO回到公寓，一路上揣著不同於來時的緊張。刑警極可能在附近活動，她不希望此時此刻被發現。

抵達住處後，葉子把鑰匙交給REIKO，要她先進去，接著前往腳踏車的停車場。

葉子把雪地輪胎附近仔仔細細找過一遍，在堆疊的輪胎中發現一個白布包裹的物品。

葉子撿起，打開一看，裡面是一把水果刀。刀刃沾染深色污漬。

果然……葉子低喃。

葉子重新裹好刀子放進包包，再度離開公寓，打算去查看命案現場。半路上瞥見電話亭，她便走進去。

這通電話是打給男友藤川眞一。眞一是外科醫師。

簡單打個招呼，葉子就請求「馬上來我這裡」。

「眞難得，平常沒要緊事還不讓我去呢。」眞一仍是一貫的調侃語氣。

「就是發生『要緊事』了。快一點，拜託。」葉子自顧自說完，掛斷電話。

步出電話亭，經過剛才那家香菸鋪，一路走下去。葉子注意到制服員警站在一家酒行前，猜測應該就是這一帶。

她踏進酒行，假裝挑選葡萄酒，向店主問起命案。事情傳開了啊，禿頭店主說著，露出厭煩的表情。

「據說是被刀子刺死。」

「是啊，好像是打電話時受到攻擊。因爲公共電路的聽筒被拿下來了。」

「哦……」

葉子買一瓶白酒，走出店門。兩名員警在眼前晃來晃去，她很想打聽調查狀況，卻找不出不會引起懷疑的方法。要是他們搜查隨身物品就糟了，刀子在她包包裡，只得放棄離開。

回到住處，發現門沒鎖。葉子說聲「我回來了」，一打開門，寢室響起尖叫聲。葉子把鞋一扔，衝進屋裡。

只見眞一呆站在房內，REIKO在床的另一邊縮著身體發抖。

「喂，葉子，這是怎麼回事？」

眞一質問，葉子沒答話，奔向REIKO。但她非常害怕，不停哭喊。

「不要緊，這個人是我的朋友。」

葉子出聲安慰，搖晃REIKO的肩膀，REIKO還是不斷尖叫，簡直像葉子不存在。

「冷靜點！」

葉子打REIKO一巴掌。女孩頓時如發條走完的人偶般靜止，閉上眼，全身癱軟。

「你對她做了什麼？」

葉子扶REIKO躺到床上，邊問眞一。

「什麼都沒做。我一來她就在這裡，只問一句『妳是誰』，她突然陷入恐慌。」

「沒想到你會這麼快趕來。」

「是妳叫我馬上來的。妳提到的『要緊事』，就是指這個睡美人？」

「沒錯，我們先出去吧。」

葉子帶他到陽台，說明目前爲止的經過。

眞一不禁瞪大眼。

「什麼？那她不就是殺人犯！」

「你太大聲了。」

「怎麼不帶她去找警察？」

「我剛才說的你都沒聽進去嗎？她失去記憶，根本不曉得自己殺了人，要她怎麼自首？」

眞一盯著葉子，雙手環胸。

「原來如此。妳的意思我明白，畢竟不能跟她說『妳殺了人』。」

「當然不能，那麼做沒意義。」

「這麼一來，」眞一往陽台扶手一靠，「只能想辦法讓她恢復記憶。」
「所以才找你來啊。有沒有辦法讓她恢復記憶？」
「喂喂喂，我是外科醫師耶。不對，即使我是精神科醫師，恐怕也一樣。記憶喪失沒有特效藥。首要之務，就是找出她失去記憶的原因。」
「原因會不會就是殺人行爲？好比，意識到殺了人，對她的精神造成影響。」
「不無可能。只是，失去記憶的地點，與命案現場有一段距離，我挺在意的。」
兩人沒得到結論，進屋後發現REIKO面向牆壁愣愣站著。
「妳醒啦。」葉子出聲。
REIKO緩緩轉身。葉子倒抽一口氣，只見她拿著一把菜刀，似乎是從廚房取出的。
更令人心驚的是她的眼神，和之前不同，完全感覺不到情緒。
「怎麼了？剛才我解釋過，他是我的朋友……」葉子頓時打住，因爲REIKO拿菜刀抵住自己的喉嚨。
「我要見早苗姊。」REIKO的話聲平板，毫無抑揚頓挫。
「早苗姊？」
葉子開口的同時，眞一微微一動。但葉子以眼神制止他，追問：「那是誰？妳的記憶恢復了嗎？」
「馬上帶早苗姊過來，不然……」REIKO雙手握住菜刀，「我就死在這裡。」

葉子與眞一面面相覷。REIKO爲何會突然變了一個人，實在莫名其妙。
「好，我去帶早苗姊過來。早苗姊在哪裡？」
「公寓。」
「哪裡的公寓？」
「一丁目三番地十五號××公寓，二〇三室。」
離這裡很近，而且就在命案現場附近。
「好，我馬上去。眞一，你看著她。」
「男人不行！」一直面無表情的REIKO歇斯底里地尖叫。「不要讓我跟男人獨處！」
葉子吃驚地望著REIKO，她看著眞一的眼神充滿憎恨。
「那麼，換我去。」眞一開口。
「你知道地點嗎？」
「沒問題，交給我。」眞一在葉子耳邊低語：「是多重人格。」

7

根據留在命案現場的公共電話上，那張紙條上的號碼，警方查出被害者前村哲也想打給名叫市原早苗的女性。於是，兩名刑警立刻前往早苗的住處。那棟公寓就在距離現場步行約一分鐘的地方。

早苗在補習班當英文老師。今天休假，她一身運動服搭牛仔褲的休閒裝扮。

早苗得知來訪的是刑警，便問：「玲玲怎麼了嗎？」

「玲玲？那是誰？」中年刑警反問。

「我認識的一個女孩，她失蹤了。兩位不是為她而來嗎？」

他與另一名刑警對望一眼，從懷裡拿出一張畫。

「是這個人嗎？」

看到那張肖像畫，早苗露出驚訝的神情。

「是的，就是她。發生什麼事？」

「在那之前，方便告知她的名字嗎？她是誰？」

「她是……我的鄰居。」

兩名刑警望向隔壁，門上掛著「山下」的名牌。

據早苗說，女孩名叫山下玲子。

「她是山下婆婆的孫女。請問，她發生什麼事？」

刑警沒回答，按下鄰居的門鈴。然而，怎麼等都沒人應門。

「婆婆應該是為了玲玲的事去兒子家。今天一大早，山下婆婆一起床，發現玲玲的被窩是空的。婆婆是晚上十點就寢，當時玲玲還在……」早苗解釋。

中年刑警向年輕刑警使一個眼色，要他去附近蒐集情報。目送年輕刑警快步離開後，中年刑警再度面向早苗。

「其實，昨天深夜這一帶發生命案。一位前村先生遇害。就是前村哲也先生，您認識吧？」

然而，早苗的反應出乎預料。

「前村先生？我不認識啊。」她極爲自然地搖頭。

刑警慌了手腳。

「您不認識？怎麼可能？昨晚，前村先生是在打電話給您時遇害的。」

「昨晚？可是，我昨晚不在家。」

「您在哪裡？」

「我和別人碰面。對方是我的同事，姓添田。」

「是男性嗎？」

「是的。」早苗低下頭，舔一下唇才抬起臉。「我們訂婚了。」

「噢……。」刑警被弄糊塗了。他一心以爲早苗是前村的情婦，於是又出示前村的照片。「就是這一位，您眞的不認識嗎？」

早苗拿起照片，端詳片刻後，還是搖頭。

「我沒見過。」

「奇怪，那他爲何要打給您？」

「我不知道。請問……這和玲玲有什麼關係嗎？」

「目前還不清楚，但我們認爲有關。」

刑警解釋，有人在案發現場附近看到她。

「不會吧……怎麼會這樣……」早苗應道。

「您也許難以相信，但她確實在場，我們才能繪製出肖像畫。對了，您與玲子小姐是什麼關係？」

「我們是滿熟的鄰居，只是這樣。玲玲把我當姊姊，常來找我玩，有時會在我家過夜。」

「過夜？不就住隔壁嗎？」

是啊——早苗垂下眼，點點頭。

「她是高中生嗎？」刑警問。

「不，她沒上學。」

「咦，可是她才十幾歲吧？」

「是的，十六……吧。」

「國中畢業就去工作了嗎？」

「不是的，好像有很多原因。」早苗說得含糊。

「哦……」

看來是難以啓齒的內情。刑警暗想，這部分就問監護人吧。

「那麼，最近山下玲子小姐有沒有不尋常的地方？」

「這個嘛……」早苗沉默片刻，還是搖頭。「沒什麼不尋常的。」

刑警點點頭，再次出示前村的照片。

「您可能覺得很煩，但您眞的沒見過他嗎？請再仔細想想。」

「我眞的不認識。」

早苗一副快哭出來的表情，刑警決定收兵。

離開公寓後，刑警聯絡總部，得到上司「繼續監視」的指示。

年輕刑警返回，報告查訪的結果。年輕女孩確實與老婆婆同住，沒和雙親同住的理由不明。

兩名刑警將車停在公寓對面的停車場，監視早苗的住處。約三十分鐘後，一輛藍色賓士停在路旁，一個三十四、五歲的男子下車。穿著打扮並無可疑之處，但走上公寓樓梯時，他卻轉頭張望四周。兩名刑警壓低身體，以免他發現。

又過幾分鐘，男子步下樓梯。市原早苗一起出現，臉色比剛才凝重。

男子讓早苗坐在前座，急速發動引擎。當然，兩名刑警也跟著出發。

8

葉子望著REIKO，心想：原來眞的有這種人啊。多重人格，之前只在小說或電影裡看過。

萬一她是殺人犯，事情就麻煩了——基於職業，葉子直覺這麼思考。在法庭上，責任能力一定會成爲最大的爭議，她想起刑法第三十九條。葉子是一名律師。

REIKO一直維持著相同的姿勢，拿菜刀抵住喉嚨，露出遙望遠方的眼神。

「可以問妳一個問題嗎？」

葉子出聲，REIKO緩緩轉過頭。

「爲什麼要殺人？」

REIKO握著菜刀的手似乎使了力，看得出她的呼吸凌亂。

「因爲他搶走了。」REIKO回答。

「搶走？妳的意思是，他搶了什麼東西？」

REIKO點一下頭。

「很重要的東西，我最寶貝的東西。」

「那個人偷走妳最寶貝的東西？」

「他……」REIKO恨恨開口，接著又用力搖頭。「不對，不是他。」

「怎麼回事？哪裡不對？」

「囉嗦！」REIKO把菜刀指向葉子，然後再次抵住自己的喉嚨。「不要再說話，不然我死給妳看。我沒開玩笑。」

葉子嘆一口氣，在沙發上坐好。望向時鐘，眞一已離開超過十五分鐘。指針又走五分鐘，突然響起開鎖聲。門一開，眞一走進來，身後跟著一個素淨清秀的長髮女子。

「玲玲！」那名女子睜大眼叫道。「妳在這裡做什麼？大家都很擔心妳。」

「姊姊，」REIKO的臉頓時脹紅，「我好想妳……」

「妳拿著那種東西太危險，把刀子給我。」

早苗想走近，REIKO卻像幼兒般晃動身體。

「不要，姊姊明明背叛了我。」

「背叛玲玲？妳在說什麼？我什麼時候背叛玲玲？」

「妳騙了我，不是嗎？妳明明說我們會永遠在一起，妳明明說不會結婚。」

「玲玲，等一下。求求妳，聽我解釋。」

「不要，我不聽。姊姊騙人！」

REIKO的淚水滾滾而下，濕透緋紅的雙頰，一滴滴落在地毯上。

「玲玲，不要激動。平常妳不是都很聽我的話嗎？像平常那樣，好不好？」

早苗一副哄小孩的語氣，REIKO仍拿著刀不斷抽泣。看著這一幕，葉子隱約明白兩人的關係。

「聽我說，玲玲。就算結了婚，我和玲玲的關係也不會變。玲玲隨時都能來找我玩，什麼都不會變。」

「騙人，姊姊一定也覺得男人比較重要，會和男人亂來。妳根本不在乎我。」REIKO激動大叫，刀尖略微刺傷她的喉嚨。

目睹鮮紅的血沿著REIKO脖子流下，眞一想採取行動，千鈞一髮之際，葉子伸手阻止他。

「玲玲，太危險了……」早苗勸道。

「不要過來。」REIKO叫喊著，「姊姊，之前妳明明說根本不需要男人。爲什麼又喜歡男人？男人比我好嗎？哪裡好？和男人亂來那麼開心嗎？」

「不是的。玲玲將來一定也會明白，妳會喜歡上男人——」

「我最討厭男人！」REIKO轉身，把旁邊的抱枕丟過來。「姊姊，告訴我那個男人的名字。他在哪裡？我要去殺了他，絕對不准他搶走姊姊。」

聽到「殺了他」，早苗的臉上掠過悲觀之色，似乎想起REIKO殺了人。

「玲玲……眞的是妳殺害那個男人？爲什麼要做這種事？」

「他……他……是他把姊姊……」

「我不認識他，那是個陌生人啊。玲玲，妳也知道吧？所以，妳才會問我男友叫什麼名字，不是嗎？妳殺的是完全無關的人。妳到底以爲殺了誰呢？」

REIKO停止動作，唯有拿菜刀的手劇烈顫抖，臉上變得和能劇面具一樣毫無表情。

「危險，」葉子對眞一耳語，「她神智不清了。」

眞一沿著牆移動。

幾秒後，REIKO掙扎般扭動身體，臉皺成一團。

「我是爲了姊姊！」

REIKO稍微拿遠菜刀，身體後仰。以反彈之勢，猛然以刀尖刺向喉嚨。

「玲玲，住手！」

早苗尖叫，眞一從REIKO旁邊撲過去，按住她的手，想奪下菜刀。

REIKO發出野獸般的吼聲抵抗。她的指甲掐進眞一的脖子，血從傷口流出來。

不久，眞一成功搶下菜刀。REIKO揮舞著手空抓，叫得益發淒厲，彷彿精疲力竭般倒下。

「玲玲！」

早苗奔上前，抱起REIKO。女孩昏過去，渾身癱軟無力。

眞一皺著眉回到葉子身邊，「好慘。」

他的臉頰和脖子留下三道抓痕。

「淺野小姐！淺野小姐！發生什麼事？」

門外傳來急切的敲門聲，及男人的叫喊。葉子去開門，只見兩名陌生男人神色緊張地站在外頭。其中一名男人出示警察手冊。

葉子立刻察覺，對方是尾隨眞一他們而來。

「您是淺野小姐吧？市原早苗小姐應該在這裡……」年紀較長的刑警問。

「是的，她在。你們要找的女孩也在。」

葉子讓刑警進屋。看到早苗和REIKO，他們當場僵住。

「這究竟是……」

「說來話長，但也不能不說。」

葉子解釋時，REIKO緩緩睜開眼。

「玲玲，妳不要緊吧？」

「我……怎麼了嗎？」她輕輕轉頭，環視四周，注意到早苗，於是問：「妳……是誰？」

9

住院生活似乎不算難熬，玲子看起來精神不錯，露出那個雨天見到葉子時的笑容。一個看似祖母的女士來看顧玲子。是個嬌小、柔弱的老婦人。她向葉子低下白髮蒼蒼的頭，爲葉子照顧玲子道謝。

在主治醫師與刑警的陪同下，葉子傾聽玲子的說法。醫師是女性。在那之前，先請祖母離開病房。

幾句無關痛癢的閒話後，葉子問：「有沒有好好吃飯？」

「有，這裡的餐點滿好吃的。可惜蛋類料理少了點。」

「妳喜歡吃蛋嘛。那天妳炒的蛋很美味。」

「下次再做給妳吃。」玲子低下頭，「只是，不曉得會是什麼時候。」

「別擔心，應該不會等太久。」

「可是，我……殺了人。」

「那不是妳殺的，是另一個利用妳身體的人殺的。」

「結果，那還是我啊。是我腦子有問題，殺了人吧。」玲子啜泣起來，「還給早苗小姐造成困擾，她會討厭我。」

「才沒有，她很擔心妳。」

「眞的？我想再見她一面，好好向她道謝。我能見早苗小姐嗎？」

「可以，包在我身上。」

醫師從椅子上站起，意思是時間差不多了。葉子看刑警一眼，跟著起身。

「玲子，我下次再來看妳。」

聽到葉子的話，玲子微微轉過頭，露出一絲笑容。葉子暗想，這個狀態下還笑得出來，應該能放心。

步出病房，姓今西的資深刑警大大嘆氣。

「傷腦筋，她完全沒恢復記憶的跡象。照這個樣子，也無法取得本人的供詞。」

「讓嫌犯自白的專家，這回舉手投降了嗎？」

「別消遣我了。那孩子的記憶不恢復，就無法釐清命案的全貌。她為什麼要刺死前村？前村又為什麼要打電話給市原早苗？」

「電話……」

前村走向公共電話，按下號碼，玲子從他背後靠近——葉子腦海浮現這樣的情景。

市原早苗說不認識前村，恐怕是事實。那麼，前村呢？他認識早苗嗎？那種時間，不可能打給不認識的人。他帶著抄有早苗家的電話號碼的紙條，是向別人要來的嗎？打給素未謀面的早苗，到底想說些什麼？

此外，「另一個玲子」認定前村就是早苗的男友。為什麼她會認錯人？

認錯人？

對，也有此一可能性。會不會他不是要找早苗？然而，不知是怎樣的陰錯陽差，他拿到不同人的電話號碼。

不，不對——

不是陰錯陽差，該不會是有人蓄意安排？

「欸，我說律師啊，」今西的話打斷葉子的思緒，「您果然打算替她辯護嗎？」

「當然，」葉子微微一笑，「沒有比我更適合的人選吧。」

「話是沒錯，」今西挖挖耳朵，「不就是那個嘛，還是要主打責任能力嗎？」

「很難講。」這也是個辦法，但不是唯一的辦法。「我想請教一下，警方查明當晚被害人的行動了嗎？」

「是的。他當天去大阪出差，搭末班新幹線歸來，先到公司再回家。據說去大阪出差時，固定都是這個模式，企業戰士不好當啊。回家後，他又開車前往命案現場。」

「哦……固定模式。」

「哪裡不對勁嗎？」

「沒有，以後也許還會有事要請教，到時請多關照。」

葉子結束話題，與刑警道別。

離開醫院後，她驅車前往市原早苗的公寓，想釐清一些事。

關於玲子的心病，葉子是從早苗和玲子的雙親那裡聽聞。原因出在國中時期。玲子的學校離家約一公里，平常都走路上學、放學，但那天準備文化祭很晚才回家，她遭數名男子強暴。那些人很快被逮捕，事情卻沒就此結束。案發後，玲子幾個月都不說話，可見精神上受到嚴重的傷害。當她終於開口，已完全變了一個人。換句話說，另一個人格極可能在這段期間出現。
玲子痛恨所有男性，連父親也不例外，不願踏出房門一步。她不上學，每天只和玩偶說話。
爲了幫助她重新振作，去年父母送她到外婆的公寓。那個時候，外婆是她最願意溝通的對象。
這個嘗試十分成功。玲子和隔壁鄰居市原早苗相當親近。早苗同情她，教她讀書、做菜、打毛線，有時會一起出門購物。多虧早苗，玲子開朗許多。面對早苗以外的人，也能和以前一樣交談。換句話說，在她心中，與早苗在一起的生活是她的一切。
早苗表示，其實她早就有所警覺，這樣下去對玲子有害無益。然而，該怎麼辦才好？她還沒找到合適的方法，問題已發生。得知早苗有男友，玲子大發脾氣。爲了平復玲子激動的情緒，早苗不得不謊稱沒有結婚的意願。
不料，一時權宜的謊言竟招致悲劇，早苗深深反省。但要以此來責怪她，未免太苛刻。眞正該責怪的，是把孩子全推給別人的父母。女兒闖下這麼大的禍，父母卻沒正式來拜訪葉子。不知腦袋是怎麼長的，葉子想到就生氣。
早苗在家，她暫時向補習班請假。
「我倒覺得妳用不著擔心。」
「不是的，我想趁機休息一下。」早苗露出笑容。

「對了，我有些事想問妳。用『狂暴』一詞有點可憐，但這時候也只能這麼形容。玲子變得那麼狂暴，除了妳和她外婆，有誰見過嗎？」

「唔，有沒有啊……」早苗歪著頭思索。

「尤其是知道玲子會對妳的男友表現出明顯痛恨的人。有沒有這樣的人呢？請仔細想想。」

早苗皺著眉思索，赫然一驚，看著葉子。「這麼說……」

「妳想起來了？」

「大約兩週前，補習班的行政人員來找我，因爲有個緊急手續要處理。我和他待在屋裡時，玲玲突然跑進來。她似乎產生誤會，突然拿傘要刺對方。我反覆強調對方是爲工作上門，她就是不肯聽……當時我眞的不知所措。」

「妳怎麼向對方解釋？」

「後來我簡單說明原因，他沒生氣，還安慰我一句『眞是辛苦妳了』。」

「他的姓名，方便告訴我嗎？」葉子備妥筆記本。

「可以呀……他姓福澤。」

面對律師的問題，早苗雖然不安，還是選擇回答。

10

葉子一到老地方，眞一已在吧檯老位子等候。儘管不必再貼ＯＫ繃，前幾天他身上留下的抓痕仍隱約可見。

「久等了。」葉子往他旁邊一坐，點了威士忌蘇打。

「妳似乎很忙，案子解決啦？」

「才要著手解決，我看沒那麼簡單。可是，眞相總算有些眉目。」

「哦，她恢復記憶了啊？」

「這方面倒是沒進展。警方頭痛，我也一樣頭痛。」

「多重人格的REIKO和玲子嗎？其中一方就是不肯出來。」

「雖然是多重人格，但兩種人格不常輪流出現。遭遇強暴案後，多半是由狂暴的REIKO支配身體。經過幾年，原來的人格才回來。誰也不曉得狂暴的REIKO何時會出現，實在有夠麻煩。即使是警察，也不能跑進人腦。」葉子把玻璃杯裡的冰塊弄得卡啷作響，壓低話聲：「不過，我發現前村哲也和玲子的關係。」

眞一轉向她。

「他們之間果然有什麼關聯？」

葉子點點頭：

「情況有些複雜。市原早苗任職的補習班，有個叫福澤幸雄的行政人員，他是前村加津子的外遇對象。加津子就是前村哲也分居中的妻子。」

「喂喂，妳再重複一遍。」眞一苦笑。

葉子慢慢重新解釋。眞一手指沾水，在吧檯上寫下人物關係圖。

「原來如此，是前村的老婆偷吃。妳確定沒弄錯？」

「應該不會錯，我請認識的刑警幫忙查的。有人目睹加津子出入福澤的住處。」

「事情的發展眞教人意外。接下來呢？」

「首先，最初的問題是，福澤造訪早苗的家。儘管純粹是爲了工作，但……」

葉子轉述早苗的話。

「哦，原來發生過那種事。」

「接下來是我的推理。」葉子喝一口調酒潤潤喉，「福澤告訴加津子這段插曲。他大概會這麼說：『加津子，這是好機會。』」

「好機會？」眞一皺起眉，接著恍然大悟：「欸，葉子，妳認爲那件命案……」

「我認爲是有人設計的。」

「動機呢？」

「很平常啊。加津子聲稱是因丈夫外遇才分居，實際上恰恰相反。她厭倦丈夫，結交別的男人。她的丈夫前田哲也恐怕已得知此事。這麼一來，必須付贍養費的，反倒是加津子。」

「她不願付贍養費，於是想殺害丈夫？」

「不僅如此。前村哲也收入高，又從父母那裡繼承不少不動產。他寧願趕快離婚，也不稀罕紅杏出牆的老婆給的微薄贍養費吧。在加津子看來，丈夫願意離婚雖然謝天謝地，卻有個天大的遺憾。」

「丈夫的財產嗎？」

「沒錯。在離婚前殺害丈夫，遺產就能直接到手。所以，福澤才會跟加津子商量，認爲這是好機會。」

眞一點點頭，「很有可能。」

「加津子應該是先和哲也聯絡，表示有緊急的事要談，希望哲也星期五來找她。當時，她告訴哲也公寓的大致位置和電話號碼，吩咐哲也抵達後再用附近的公共電話打給她。」

「等一下。妳是指誰的公寓？即使他們分居，哲也好歹會知道加津子住哪裡吧？」

「大概吧。所以，她約莫是說『有點原因現在暫住朋友的公寓，希望過來這邊』之類的。」

「哈，那麼……」眞一彈一下手指，「附近的公共電話，就是在那家酒行旁邊吧。她叫哲也從那裡打電話。」

「我想就是這樣。可是，前村哲也應該曾表示爲難，畢竟他星期五要到大阪出差。加津子當然知道，才特地選那天，並對前村哲也強調：『無論多晚都沒關係，一定要來。我等你。』」

眞一不懷好意地笑，看著葉子。

「這句話眞不錯，想聽妳說說看。」

「別鬧了。加津子則是去接近玲子。由於她是女的，玲子並未提防。只要自稱是早苗的朋友，玲子就不會起疑。然後，她假傳消息，告訴玲子今天半夜早苗的結婚對象會來，以及他來之前，會從酒行打電話。」

「玲子相信加津子的話，一直在公共電話旁邊等。接著，前村出現，撥打公共電話。而那確實就是早苗住處的電話號碼。」

葉子喝光酒，又點一杯。

「你不覺得這個計畫非常巧妙，又非常卑鄙嗎？利用玲子的心病，完全不弄髒自己的手。實在不可原諒，我一定要讓他們受到制裁。」

「我有同感，但沒證據啊。」

「問題就在這裡。」葉子咬著嘴唇。「只能依靠玲子的記憶。加津子應該是直接去找她，只要她想起這件事，就能找到解決的辦法。」

「可是，能用什麼罪名起訴加津子？她不過是向玲子撒謊，又不確定玲子會去殺害前村。縱使有操弄人心的事實，難道不會被解釋成是惡劣的惡作劇嗎？」

「所以，無論如何都需要另一個REIKO作證。看加津子是怎麼說的，也許會有教唆殺人的可能性。」

「一切的關鍵都在另一個REIKO身上啊。」眞一拿起酒杯卻不喝，面向葉子。「殺害前村後，玲子找回原來的人格，對吧？會不會是殺人行爲對她本人造成衝擊？」

「關於這一點，我倒是心底有譜。當天夜裡，早苗和眞正的男友約會，並由他送回公寓。從時間上看，應該就在玲子犯案後不久。」

「咦，妳的意思是，早苗在哪裡遇見他們？」

「應該算不上遇見，但玲子很可能目睹早苗和她男友在一起。男女相處的樣子，一看就知道是不是情侶。於是，她明白剛剛殺死的並非早苗的男友。這個打擊，對她的精神造成更大的影響，喚醒沉睡多年的人格。」

眞一低聲沉吟。

「極有可能，人類的頭腦是很神祕的。」

「不管怎樣，是不可能向玲子問罪的。她的情況適用刑法第三十九條。犯案時她的精神狀態不正常，這一點很多人能證明。眞的要判刑，也是另一個REIKO，不是現在的玲子。誰都無法制裁現在的玲子。」

於是，眞一若有所思地搖起玻璃杯，冰塊卡啷卡啷作響。

「在這種情況下，有沒有裝病的嫌疑？」

「裝病？你是指玲子裝病嗎？」

「我聽精神科醫師提過，假扮多重人格的人不少。」

葉子點點頭。

「不止多重人格，還有嫌犯在被捕後演起精神障礙者，所以才得進行精神鑑定。不過，她的狀況應該不需要考慮。兩年前，她就出現另一個人格。難道這段期間一直在演戲嗎？不太可能吧。」

「這個嘛……嗯，也許吧。」眞一似乎不全然信服。

「幹麼啦，不乾不脆的。」此時，葉子放在包包裡的呼叫器響起。拿出一看，顯示的是前幾天今西刑警給她的號碼。

「我去回個電話。」葉子留下一句，暫時離席。她從店裡設置的公共電話撥打呼叫器上的號碼，今西很快接起。

「事情突然發生變化，我想先通知淺野律師一聲。」資深刑警含蓄地說：「前村加津子被殺了。」

咦！葉子忍不住驚呼。「什麼時候？在哪裡？」

「今天傍晚發現的，被人勒死在她的住處。監視攝影機拍到福澤幸雄，一逼問，他就全部招認。」

「怎麼會……」

「福澤幸雄供稱，加津子提出分手，他一時衝動才會犯案。眼看丈夫的財產就快到手，加津子似乎認爲暫且扮演悲傷的未亡人比較好。」

聽著聽著，葉子只覺得全身都要虛脫了。多麼愚蠢的一群人啊。

她回到吧檯，告訴眞一後續發展。他故意從椅子上滑下去。

「怎會這麼白痴，居然浪費難得的完全犯罪。」

「我本來想揭發他們計畫的完全犯罪，眞可惜。」葉子拉過ＬＡＲＫ的盒子，抽出一根香菸，叼在嘴裡。

眞一拿都彭打火機，幫她點著。

「不過，這樣也好。只要福田招供，就能證明玲子只是受到利用，妳的工作會輕鬆許多。」

「是沒錯啦。關鍵在於，福澤會說多少眞話。不過，只要警方加把勁，應該沒問題。唔，好不甘心。難得有機會在法庭上揭發前所未有的犯罪，嫌犯卻死了。」葉子噴出一大口煙。她本來期待能見識一下，面對多重人格的REIKO和玲子，法官會如何宣判。

眞一放下酒杯。「欸，關於裝病啊。」

葉子苦笑，「還沒完？」

「先聽我說嘛。假裝多重人格，主張犯罪的是另一個人格的情況十分常見。可是，如果是這樣呢？狂暴的人格在行凶後，裝成柔順的人格。然後，堅稱狂暴的是另一個人格。」

「什麼？」葉子看著男友，「你的意思是……」

「我是指，現在的玲子，有沒有可能是狂暴的REIKO演出來的？」

葉子手指夾著菸，低聲喃喃「怎麼可能」。

眞一神情凝重，半晌後，燦然一笑。

「對嘛，怎麼可能。別再想那些掃興的事了。」

他舉杯靠過來，葉子拿起酒杯，叮地碰一下。

那一瞬間，玲子最後在病房裡露出的奇妙笑容，浮上葉子的心頭。

重生術

1

嬰兒裹在紗布衣裡沉睡，白裡透紅的臉頰讓根岸峰和聯想到水蜜桃。

「好可愛，簡直像天使一樣。啊啊，我實在太高興、高興到不行，彷彿在做夢！」根岸千鶴不熟練地抱著嬰兒，滿口道不盡的喜悅。嬰兒的外貌超乎預期，似乎更令她喜不自禁。

「請您用心學習怎麼當媽媽。寶寶一定也很不安，不曉得新媽媽會怎麼照顧他。」中尾章代瞇起眼看著千鶴開心的樣子，不忘叮囑道。

「會的，這是當然。讓這孩子健康長大，是我的首要任務。」千鶴的語氣充滿幹勁。

中尾章代苦笑：

「哎，太緊張也不是好事。未來的路還很長。」

「是啊，妳太緊張，反而對寶寶不好。」峰和也勸道。

「可是，」千鶴的視線回到寶寶身上，壓抑不住自然而然湧現的笑容。她抬頭看著中尾章代，有些坐不住。「請問，今天還有什麼手續要辦嗎？」顯然她想盡快帶寶寶回家。

「是啊，有些事要談。不過，如果先生願意留下，夫人可以先離開。」中尾章代望向峰和。

千鶴雙眸閃閃發亮，注視著峰和。他無法違背千鶴的期待。儘管無奈，臉上絕不能洩漏半分。「那我留下，妳先回去吧。家裡應該有很多事要處理。」

「是嗎？不好意思，我先告辭嘍。」千鶴抱著孩子準備從沙發起身，一副迫不及待的樣子。

「看妳抱得好危險，千萬別讓孩子掉下去啊。」

「我知道，死也不會鬆手的。對不對？」

最後的「對不對」，自然是向睡夢中的寶寶說的。

千鶴和寶寶坐上家裡司機開的賓士車，峰和與中尾章代一起目送他們離去。千鶴只顧著懷裡的寶寶，僅敷衍地回頭致意。

「夫人似乎非常喜歡寶寶。」回到屋內，坐回剛才的沙發後，中尾章代開口。這裡是她家。

「我也很喜歡，眞不曉得該怎麼感謝您。」峰和再次行禮。哪裡的話，她搖搖頭。

「你們滿意最重要……」中尾章代金邊眼鏡後的目光從峰和身上移開，落在斜下方。

這個瘦削的中年婦女，常露出若有所思的表情，峰和看過不止一次。他暗自想像，會從事這種工作的人，也許有什麼關於嬰兒的黑暗過去。或者，她是在爲不得不送養親生孩子的年輕母親嘆息？無論如何，眞不想聽她講那些關於養兒育女的教訓。光是和中尾章代單獨談話，峰和便心情沉重。第一次見面，他就沒來由地覺得難以接受這個人。尤其是鏡片後方的那一雙眼睛，彷彿能看穿別人的心思，令他無所適從。

當然，這些想法絕不會出現在峰和的臉上。她爲苦於不孕的他們找到養子，對夫妻倆有恩，恐怕日後會繼續來往。

峰和與妻子是在半年前認識中尾章代。他們收到她的來信。信中表示，她是爲可憐的寶寶尋找養父母的人。這些寶寶降生在世上，雙親卻因諸多原由無法親自養育。聽聞府上在尋找養子，不曉得是否願意一試。

峰和覺得可疑，千鶴卻極爲好奇，於是他們決定與中尾章代見面。那是他們頭一次來到這個家。

中尾章代解釋，嬰兒的母親大部分是青少年，沒有足夠的知識就發生性行爲，懷孕後又獨自煩惱不敢告訴旁人，錯過墮胎的時機。據說在現今的日本，有太多這樣的少女。爲了幫助這些少女，也爲了保護小生命，她才從事這份工作，有時甚至會跨海替寶寶尋找養父母。這麼一來，生下寶寶的少女便不會在戶籍上留下任何紀錄。

聽中尾章代談了許多，峰和夫妻決定委託她。依過往的經驗，他們明白要自行找到養子多麼困難。

半年後，中尾章代通知他們有個合適的男嬰。

2

「坦白講，這麼早就有好消息，我滿驚訝的。」爲了逃避漫長的沉默，峰和率先開口。「聽說有相同煩惱的夫婦不少，想領養孩子還得排隊。」

中尾章代面向峰和。

「當然，有很多夫妻在等待。不過，這次是為根岸家特別安排。」她眼鏡後方的黑眸一亮。

「謝謝。」峰和低頭行禮，計算著該準備多少禮金給眼前的婦人。儘管這份工作是無酬的，總不可能不期待謝禮。就是清楚他們夫妻的經濟狀況，料定禮金絕不會吝嗇，才會「特別安排」吧。

「呃……」他在膝上搓了搓雙手，「那麼，您有事要談？」該不會一開口就談禮金吧？

「是的。」中尾章代重新坐好，挺直背脊。「其實，想再次確認一件事。」

「請講。」

「就是關於當父母的條件。最初條列出五點，您記得嗎？要愛護寶寶、經濟寬裕、家庭和諧、雙親健在。然後，還有一點。」

「呃，雙親都沒犯罪前科，對吧？」回答後，峰和心裡不太舒服，覺得對方是故意讓他親口說出最後一點。「哪裡不對嗎？」

「關於這幾點，都沒問題吧？」

「當然，我保證。」峰和加重語氣。

她點點頭，彷彿在說「很好」。
「要是不符合條件，很遺憾，領養一事就必須取消，寶寶由我們領回。」
「我知道。而且，爲了監督我們是否悉心照顧，辦理正式手續前有測試期。不過，測試期是多久？何時才能正式領養？」
「這就要看您了。快的話，一天就會有結論。」
「哦，一天？」這麼短的時間能看出什麼？不過，既然專家這麼說，肯定沒錯。「那麼，我得努力拿到及格的分數。」峰和滿臉堆笑，「請問，要談的就是這些嗎？」
「不，接下來才要進入正題。」
中尾章代調整坐姿，直視峰和。霎時，她的目光彷彿會刺穿人，峰和一陣心驚。但下一瞬間，她露出溫和的笑容。
「根岸先生，您們夫妻因爲不孕，曾上醫院吧。」
「是啊，去好幾次。」峰和回答。「爲了查出原因，找過許多醫生。」
「查出原因了嗎？」
「是的，原來是內人方面的問題。據說是卵巢功能天生有缺陷，詳情我不太懂。」
檢查結果出爐時，峰和安慰著失望的千鶴，同時放下心中大石，從此他不必再受到千鶴家的質疑。入贅根岸家七年，由於生不出孩子，不知遭受多少白眼。
其實，峰和不特別想要小孩，但他非常清楚，傳宗接代是他的任務。根岸家對女婿開出的條件，便是健康且生育功能俱全，僅僅如此。所以，儘管他並不特別優秀，卻憑著英俊的容貌，讓遲遲嫁不出去的社長千金，在派對上爲他一見鍾情，幸運演出男版的麻雀變鳳凰。

「沒考慮過藉醫學技術來解決嗎？比方，體外受精之類的。」中尾章代問。

峰和搖搖頭。

「我們討論過，但決定不採用。因爲成功率低，內人又害怕。」

「成功率低是事實，不過比起往昔，現在技術進步許多。」

「哦，是嗎？」峰和想起，中尾章代平日在醫院工作，而且是婦產科。她會成爲志工，與她的本行有很大的關係。

「許多夫妻受惠於體外受精技術的進步，得以享受天倫之樂，只是也衍生出不少問題，像是代理孕母。」

「啊，代理孕母。滿常聽說的。」

「在日本難以想像，但國外願意當代理孕母的年輕女子非常多。」

「原來如此。」峰和嘴上附和，心裡卻疑惑這個話題究竟要導向何方。中尾章代完全沒要提正事的跡象，還是，這和正事有什麼關聯？

「精液的冷凍保存技術確立後，想擁有孩子的女性，只要願意，不必與男性發生關係也能懷孕。」中尾章代似乎沒注意到峰和的不耐煩，淡淡繼續道。

「眞的是非常進步的時代啊。」峰和只得表示同意。

換成是我——中尾章代一度垂下目光，又再次望著峰和：「再年輕一點，可能也會採取這種方法。雖然我已無結婚的念頭，還是想要孩子。畢竟我一直是一個人。」

「噢……」

話題愈扯愈遠，她的樣子卻不像在開玩笑。

「您沒有家人嗎？」峰和問。

「是啊，父母都早逝。這房子是雙親留下的。」中尾章代環顧四周，視線再度停留在峰和的臉上。「其實，我有一個妹妹。小我十歲。」

「令妹出嫁了嗎？」儘管沒什麼興趣，但既然提及，他不得不問。

中尾章代平靜地回答：「她死了。七年前死的。」

「啊……眞是遺憾。」峰和暗自後悔踩到地雷。爲何偏偏挑這種日子談不愉快的往事？

他從西裝內袋取出香菸，想設法轉移話題時，中尾章代搶先開口：

「我妹是被殺害的，在杉並區的公寓。」

「咦……」

「她是遭人勒斃。凶器是她的愛馬仕絲巾。」

「愛馬仕……」

峰和及時回神，夾在手指間的香菸才沒掉落。

3

不可能吧，峰和暗想著。

中尾章代說的不可能是那女人，姓氏不同。記得她是姓神崎。神崎由美（Yumi），但可能是花名。

而且……峰和邊想邊感到腋下冷汗直流。七年前、杉並區的公寓、愛馬仕的絲巾，在在都符合，不是嗎？

「妹妹十分可憐。」中尾章代有些哽咽，「我們很早就失去雙親，所以她高中畢業立刻去工作。她希望將來能做生意，便刻苦存錢。後來，晚上也開始兼差。我擔心會搞壞身體，勸她不要勉強，但她根本不聽。向我炫耀存款的金額，是妹妹的樂趣之一。沒想到，她竟會遇上那種慘事……」

「凶手抓到了嗎？」峰和問。

中尾章代搖搖頭。

「警方耗費許多時間搜查，仍沒抓到。」

「呃……」峰和拿打火機點菸，一次沒點著，試到第三次才成功。「是闖空門之類的情況嗎？」

「警方是這麼認爲。」中尾章代將桌上的菸灰缸推向他，一邊回答。「屋裡被翻得很亂，珠寶和存摺不見。門上了鎖，陽台一側的落地窗卻是打開的。所以，推斷凶手多半是從陽台爬進來。妹妹的住處在二樓，但站在一樓陽台的扶手上，很容易就能爬上去。」

「眞是令人遺憾。」峰和控制著不讓聲音發抖。

未免太像了。情況根本一模一樣。不會錯，這女人就是在談「那件案子」。

「妹妹遭到強暴。」中尾章代彷彿在傳達公事，口吻十分淡定。「凶手的精液就活生生留在她的體內。那是警方掌握到的最有力的線索。」

「噢……」峰和吐出一口煙，察覺自己的呼吸變得急促。

他不相信是巧合。這女人的妹妹，怎麼可能恰巧就是神崎由美？

這是有預謀的。打一開始，她就是爲此接近我。

種種念頭在峰和的腦海中打轉，卻沒轉出任何頭緒，只是愈來愈混亂。

「負責偵辦的刑警表示，當初凶手潛入的目的就是強暴，而非搶劫。」中尾章代繼續道：「那一晚非常熱，妹妹的住處沒裝冷氣，恐怕是開著窗睡覺。凶手看到敞開的窗，於是起了色心，展開行動，又擔心她會叫喊，乾脆勒死她，搶走値錢的物品逃跑。警方是這麼推斷。」

對，那是個炎熱的晚上。

峰和腦中，浮現神崎由美滿頭大汗的臉。她的眼神空洞，看著他說：我不要分手，絕不和你分手——

「換句話說，」峰和舔舔乾澀的嘴唇，問道：「凶手是當晚偶然經過公寓的男人？算是一種隨機殺人？」

「警方主要也是抱持這種意見。只是，應該不完全是偶然經過。負責此案的刑警曾提到，凶手可能有什麼依據，得知那裡住的是一個年輕女孩。」

「原來如此。但無論如何，不是熟人下的手？」

「警方是這麼認爲。不過……」中尾章代推了推眼鏡，鏡片反射日光燈的光線。「我並不這麼想。」

「哦，」峰和抽一口菸，「爲什麼？」

「簡單一句話，是身爲姊姊的直覺。」

「直覺……是嗎……」

「其實，發現屍體的就是我。我們約好，第二天要回新潟掃墓。大家盂蘭盆節都會返鄉掃墓，高速公路想必會塞車，我們打算清晨出發。於是，我開車到妹妹的住處接她。我抵達時是早上五點。」

我明天要去新潟——峰和想起，那一晚由美這麼說過。跟姊姊一起。對，她確實說是要跟姊姊一起去。

「按好幾次門鈴都沒回應，我覺得奇怪，便拿她給我的鑰匙開門。門一打開，我就發現異狀。看到妹妹在床上的樣子，我差點昏過去。」中尾章代面無表情地敘述，在膝上輕輕交握的手卻微微顫抖。「我驚慌失措，加上太悲傷，連打電話報警都忘了。我又哭又叫。即使如此，我仍非常確定一件事。殺死她的，一定是和她很親密的男人。妹妹身上有香水味。那天妹妹沒上班，應該一直待在家裡。除了上班時，她幾乎不會擦香水。」

香水——

峰和記得由美擦的那種香水的味道。兩人見面時，她身上總會散發同一種香味。雖然他並未特別留意，但那一晚可能也一樣。

「可是……」峰和一開口，便忍不住咳一聲。他嗓子啞了。「可是啊，光靠這一點斷定，不會太草率嗎？搞不好，偏偏就是那一晚，她心血來潮，睡前噴一些香水。」

「刑警也這麼說，但我無法接受。我請他們調查與妹妹交往的男性，刑警表示，當然會調查她所有交友關係。實際上，警方眞的進行調查。以妹妹任職的店爲中心，徹底查訪。可是，終究沒找到對妹妹格外重要的男性，大概是藏得非常好。」

「不是藏，而是根本沒這一號人物，一定是這樣吧。」

峰和還沒說完，中尾章代便搖頭。

「天氣再怎麼熱，妹妹都不會開著窗睡覺。她的住處沒冷氣，但有電風扇。凶手是從門口走進去，是妹妹幫他開的門。那時，她萬萬沒想到自己會被殺，肯定對那個人露出燦爛的笑容。」

你來啦。好晚喔。對不起，突然找你過來。有一件非常重要的事。嗯，對呀，非得今晚說不可。剛才我在電話裡提過吧。明天一大早，我要和姊姊一起回新潟。去掃墓，盂蘭盆節嘛。然後，在那之前我想弄清楚。啊，你要喝啤酒嗎？不行？對喔，今天不能留你過夜。那麼，我來泡咖啡——

峰和憶起由美開門迎接他時說的一字一句。燦爛的笑容？也許吧。他早就發現，和他見面時，由美都會盡力扮演一個好女人。

「可是，玄關的門上了鎖，陽台的落地窗開著。」

「要布置成這樣並不難。那男人既然與我妹有特殊關係，很可能有她住處的鑰匙。」中尾章代立刻回答。

她的推測沒錯，峰和有由美住處的鑰匙。爲了布置成強盜殺人，他打開陽台的落地窗，從玄關大門逃走。當然，沒忘記上鎖。第二天，他就將鑰匙丟進附近的大水溝。

「屋內翻得亂七八糟，值錢的物品失竊，我認爲全是故意布置的。」她趁勝追擊般補充道。

那一夜的情景，在峰和腦中重現。他壓抑著巴不得馬上離開的衝動，進行所有他想得到的掩飾作業。他撕破由美的內衣和睡衣，加強入侵者施暴的印象。並且，他穿著鞋在室內走動。明知她將貴重物品收在哪裡，卻故意翻出無關的抽屜。最後，拿布擦拭他可能徒手碰過的地方。

「屋內有任何她男友往來的跡象嗎？比如牙刷，或是刮鬍刀？」

這些東西，當時他應該都已回收。本來他就沒放多少生活用品在那邊。

「沒有那類東西。可是，他在我妹的過去留下痕跡。」

「過去？」

「不久之前，她動了墮胎手術。」

4

峰和一陣沉默。

那是他的孩子。由美告知懷孕時，他只覺得遭到暗算。由美保證沒問題，他才常常沒戴保險套。

他耗費多少工夫，才說服想生下孩子的由美去墮胎啊！甚至不惜吐出「遲早會結婚，不要現在生」這種謊言。其實，那時他應該設法和由美分手——此刻，峰和再度感到後悔。擔心她鬧起來會破壞大事，一直沒處理兩人的關係，這就是一切錯誤的根源。

「即使如此，」峰和開口，「她不見得一直和對方在一起啊。遇害時，他們可能已分手。」

「不，她應該還和那個人在一起。」中尾章代低語。「妹妹約莫是打算在第二天告訴我。」

「怎麼說？」

「決定回新潟時，她透露在出發前，可能會有好消息。我沒太留意，而且糊塗到連出事當下都忘了。回想起來，她是暗示要結婚。那天晚上，妹妹請對方到家裡，想正式決定婚事。妹妹相信對方也很愛她，願意和她結婚。」中尾章代胸口劇烈起伏，似乎在調整心情和呼吸。她注視著峰和，繼續道：「可是，對方並不愛她，也不考慮結婚。她突然提起，對方肯定慌了手腳。」

峰和想吞口水，嘴裡卻乾得要命。

慌了手腳——一點也沒錯。

兩人歡愛後，由美說：我想確定一下以後的事。以後的什麼事？峰和一問，她回答：就是我們的將來啊。錢存得差不多，該定下來了。其實，明天早上姊姊會來，我想跟她提你的事。可以吧？

峰和根本嚇壞了。

「不過，」峰和回應中尾章代：「即使情況正如妳的推測，也不見得就是那個男的殺害令妹。畢竟只是被逼婚。」

「我考慮過這一點。」她點點頭。「可是，萬一那個人另有結婚對象呢？尤其，倘若那個對象，是他成爲人生勝利組的關鍵，我妹不就只是個麻煩？」

峰和閉上嘴，瞪著中尾章代，想不出反駁的話。

這時，中尾章代輕嘆一口氣。

「其實，我是在得知某個男子的存在後，才想到這種可能性。」

「某個男子……」

「最近整理妹妹的遺物時，我發現一本姓名學的書。順手翻閱，看到空白處寫著一個名字。那是個奇怪的名字。底下是妹妹的名字，姓氏卻不同。她叫弓子（Yumiko），弓箭的弓。那個奇怪的名字是『本鄉弓子』。」

峰和感到一陣衝擊，腳下地面彷彿突然塌陷。他知道自己的臉色發白，指尖冷得像結冰，渾身發抖，嗡嗡耳鳴。

「原來妹妹的對象姓本鄉，她才會想瞭解冠夫姓後，運勢將如何變化。當時，她一定滿懷夢想吧。」中尾章代的雙眼充血，「我追溯過去，尋找擁有那個姓氏的人。我沒報警，過了這麼久，警方恐怕不會積極調查。況且，這種程度的線索，無法當成行凶的證據。」她發紅的雙眼盯著峰和。「不久，我查出一個男子。妹妹任職的店裡，有個姓本鄉的人經常出現，現在是某中堅企業社長千金的贅婿，改姓根岸。有人說，他這輩子不必再奮鬥。他是在七年前結婚。居然是七年前，妹妹正是七年前遇害。是偶然嗎？是巧合嗎？假設那個人爲了一步登天而殺了妹妹，會太離譜嗎？我委託好幾家徵信社，針對根岸進行徹底的調查。學歷、籍貫、興趣、嗜好，甚至包括偏愛的異性類型。看著調查結果，我想起妹妹幾次令人印象深刻的談話。妹妹提到想去的地方，是那個人的故鄉；妹妹突然感興趣的爵士樂手，那個人也愛聽。其他符合之處不勝枚舉，那個人不可能與妹妹無關。還有一個關鍵，那個人的血型是AB型，與兇手留下的精液一致。」

峰和聽到嘴裡發出卡嚓卡嚓聲，是牙齒相擊的聲響。他直冒冷汗。

「證據……」他勉強擠出聲音，「證據只有這一點嗎？到頭來，只有血型一致？這樣不能說是兇……兇手吧。」

「要警方逮捕是不可能的。」中尾章代點點頭。「但再過幾年，有眼睛的人都看得出來。」

「再過幾年？什麼意思？」

「一年前，我想出一個實驗。」中尾章代的嘴唇形成奇妙的弧度。看出那是一絲笑容時，峰和如墜冰窖。她繼續道：

「當時，我對兇手完全沒有頭緒。我認爲必須採取行動，便用了『那個』。」

「那個？」

「兇手的精液。」她一副滿不在乎的口吻。「發現妹妹的遺體時，其實我偷偷採取兇手的精液。那是警方唯一的線索，對我來說也一樣。因此，我決定保留一份。我相信只要保存精液，即使無法立刻逮捕兇手，總有一天會派上用場。爲了那一天，我利用服務的醫院裡的設備冷凍保存。」

「精液……」當下沒能回收——峰和在心中低喃。不過，她想用在哪裡？「妳拿去做什麼？」

「萬一能找到特定的嫌犯，現在可以進行DNA鑑定。雖然無法從精液過濾出嫌犯，但能用來生孩子。」

「咦！」峰和失聲驚叫。

5

「利用離心機，可控制性別，生出男孩。問題在於卵子，儘管並非我的本意，還是用了我的卵子。雖然放棄結婚，我仍有生育能力。這樣生下的男孩應該和凶手很像，只要與七年前妹妹周遭的男人長相比對，誰是父親想必會一目瞭然。」

「怎麼可能！」峰和猛搖頭。「這種事是不可能的！」

中尾章代的臉微微一偏。

「我不明白您爲何覺得不可能。冷凍保存的精液能使女性受孕、體外受精的技術有長足的進步、現在有許多代理孕母，這些我剛才不是告訴您了嗎？以我在我們醫院的立場，全部都能暗中進行。」

「可是……可是……」額頭冷汗涔涔，峰和顧不得擦拭，瞪著中尾章代：「這樣生下的孩子，誰要養？」

「願意收養的夫妻多的是，這一點您很清楚吧。」

話噎在喉嚨，發不出聲，峰和握緊拳頭。

「孩子順利成長，就能達到我的目的，也就是找出凶手。這是需要耐心的計畫，但當時我想不出別的方法，只能這麼做。只是，當我請了代理孕母，讓她懷孕幾個月後，竟找到根岸這號人物，實在不能不說是諷刺的結果。這樣一來，便沒必要製造出孩子。」

峰和用力呼吸，喉嚨咻咻作響，不知反覆幾次才停止。他的腦袋充滿不祥的預感。

「難不成，妳口中的孩子就是……」

「從徵信社的報告得知，根岸夫妻正在找養子。當時，一個美妙異常的想法如天啓般閃現，於是我接近根岸夫妻。由於我結過婚，姓氏和妹妹不同，根岸夫妻似乎毫無所覺。」

「妳……妳……妳，」峰和喘著氣指著中尾章代，指尖不停顫抖：「妳瘋了。」

「不久，代理孕母生下孩子，是凶手的孩子。凶手和我的孩子。我決定把孩子還給凶手。於是，我打電話到根岸家，他們夫妻歡天喜地出現，表示要收養孩子。從此以後，根岸千鶴夫人就要養育殺人凶手的孩子。一個她丈夫在殺人時留下的孩子。」

「胡扯！」峰和從沙發站起，踉踉蹌蹌走向出口，回頭對中尾章代說：「我才不是凶手。我沒殺人。」接著，他大叫：「那種小孩還妳！」

中尾章代注視著他，迅速起身，上前一步。峰和連忙退一步。只見她以詛咒般的語調說：

「既然如此，也請這麼告訴夫人。想必夫人不會願意撫養殺人犯的孩子吧。可是，夫人不會產生懷疑嗎？歸還孩子前，難道不會去驗你和孩子的親子關係嗎？利用現代醫學技術就能查得出，幾乎是百分之百準確。」

峰和無意識地按住太陽穴。他正遭受劇烈的頭痛攻擊。

「如果你是凶手，就好好撫養孩子。那是你的孩子，你應該能愛他。然後，看著他日漸成長，一天比一天更像你。不曉得他是養子的人，一定會讚嘆：哇，你們長得眞像。然而，知道他是養子的人，會怎麼想？夫人又會怎麼想？你要如何蒙混過去？大概會說，一起生活自然愈長愈像。可是，這種說法能矇騙到幾時？」

「別說了！」峰和哀號，「別再說了！」

「接下來好幾年，你都會備受煎熬，永遠不會結束。永遠。因爲那是你的親生兒子，夫人又那麼喜歡他。」

峰和發出野獸般的嚎叫，奪門而出。他衝出走廊，鞋子都沒穿好就跑到大馬路上，蹣跚前行。

是那個女的不好，一切都要怪由美。

抱歉，忘了我吧。他話一出口，眼前甜美撒嬌的表情驟變。什麼意思？你在說什麼？你不是保證，我們遲早會結婚嗎？所以，我才勉強拿掉孩子。難不成你是騙我的？不是？什麼叫不是？告訴我實話。啊，原來傳聞是眞的。你要跟嫁不出去的社長千金結婚，是不是？哇啊啊，原來是眞的！哇啊啊，你果然騙了我！

由美放聲大哭，緊抓著峰和，手腳牢牢纏住他，怎麼也拉不開。

我不要分手，絕對、絕對死也不分手。要是你敢拋棄我，我就抖出一切，去跟那個嫁不出去的老小姐說！

別鬧了，妳胡扯什麼，放開我！不，我才不放。明天早上姊姊就會來，我要讓她看到我們抱在一起的樣子。我要向她介紹，這個人就是我男友。姊姊，妳看，我這麼幸福。

回過神，峰和已拿著愛馬仕絲巾，繞住她的脖子，不顧一切勒緊。去死、去死、給我去死！

「是那個女人不好，而不是我。我沒有錯！」

峰和攔計程車回家，渾身顫抖不止。「客人，您怎麼了？看起來臉色不太好。」司機出聲關切，但他沒回答。

回到家，他走進起居室找妻子。千鶴抱著嬰兒跑過來。「你好慢，在做什麼呀？寶寶醒了，從剛才就一直很開心。寶貝快看，是爸爸。」

嬰兒瞅著峰和笑了。

6

看到根岸峰和跳樓自殺的報導，中尾章代心中百感交集。

她期待的並不是這種程度的結果，接下來才要開始折磨他。把那個嬰兒送到他身邊，只是在布局。報仇的對象意志力竟如此薄弱，她實在驚訝。想到妹妹居然死在那種人的手中，便格外悲哀。

「沒辦法，只能這樣。」她對著桌上的照片說。照片上是露出笑容的弓子。

章代準備出門，前往出席守靈儀式，順便帶回嬰兒。峰和死亡，不再符合「雙親健在」的條件。即使峰和沒死，章代也打算找機會帶回嬰兒。她早有覺悟，若有萬一，要自己撫養那個孩子。

那個嬰兒，是某個高中女生和萍水相逢的男人生下的孩子。

與根岸峰和一點關係也沒有。

再見，「爸爸」

電視正在直播晚場的棒球比賽。本季巨人對阪神的第十場比賽。目前是阪神隊得分的好機會，杉本平介把茶泡飯的碗端到嘴邊，眼睛卻直盯著畫面。阪神隊比數依然落後，但如果四棒打者擊出安打，應該有望扳回局面。平介穿著背心汗衫和四角短褲，激動得流汗。

這是他第三天一個人吃晚飯。妻子暢子帶著女兒加奈江回九州娘家，預定今晚歸來，差不多該到機場了。事先說好，她們會搭計程車回來。

巨人隊的投手控球不力，兩好三壞。平介盤著腿，上身急著往前探，心裡巴望著：拜託，來個安打吧！然而，他的願望沒實現，第四棒打者竟挑中一顆爛球，揮棒落空。他嘖一聲，拌一下茶泡飯。

此時，電視傳出號外的信號聲，似乎是什麼事故的速報，但平介沒立刻去看。他對阪神隊無能的四棒打者餘怒未消。

信號聲再度響起，他總算轉移注意力。電視畫面上方出現跑馬燈。

今晚八點二十分左右，福岡起飛的新世界航空九三一班次，於××機場降落失敗，飛機起火。死傷狀況不明——

平介不經意看著文字的雙眼，逐漸泛紅。他連忙起身，打翻了矮桌，吃到一半的茶泡飯潑撒在榻榻米上。

大概沒有生存者吧——這是趕來救災的消防隊員直率的感想。機體一分爲二，遭火球包圍。像是要證明他們的直覺正確無誤，死狀淒慘的遺體接連運出。

「還有生存者！」滿場絕望中，這句話振奮所有人的精神。兩名乘客獲救，是少女和成人女性。兩人奇蹟般並無明顯外傷，但都沒有意識。

兩人立刻被送往醫院。醫師與護理師全力治療，希望能搶救成功——縱使這麼想，他們內心幾乎都已放棄，認爲多半沒救了。外傷雖然不多，但兩人都是頸椎至腦部受到損傷，腦波紊亂。尤其是少女，恐怕已無生機。

送醫三十分鐘後，少女的腦波停止。儘管拚命救治鄰床的成人女性，成功的機率也不大。

「呼吸停止。」

「心臟現在……停止了。」年長的護理師靜靜宣告。

幾秒之間，沉默主宰加護病房。

「接下來，陸續還會有患者送到醫院。現在不是喪氣的時候。」其中一名醫師開口，眾人無精打采地點頭。

這時，一個年輕護理師輕叫：「醫師，動了！」

所有人都注視著她。只見她指著裝設在少女身上的腦波儀，重複一次：「女孩出現腦波了。」

暢子的葬禮在極度浮誇的氣氛中舉行。電視台等媒體大舉來採訪，平介無論走到哪裡、無論做什麼，都必須忍受鎂光燈。但也才兩、三天，就連嫌他們煩的力氣都沒有。

葬禮結束，記者依然不放過他。

「辦完夫人的葬禮，您現在心情如何？」

「新世界航空的社長發表談話，您怎麼看？」

「全國各地都有關心的民眾來信慰問，請向他們說句話。」

其實媒體記者的問題都不出這些範圍，平介不必思考，重複相同的回答便足以應付。他甚至會想，這會不會是他們的體貼。

只是，平介總是不知如何回應這個問題：

「您打算怎麼向加奈江小妹妹解釋母親的事？」

無奈之下，他只能擠出一句「現在才要想」。

那天晚上，平介到加奈江入住的醫院。生存者僅有五名，媒體也想盡辦法採訪加奈江。不過，他以精神上的衝擊尚未平復為由，要他們再等等。

負責照顧加奈江的護理師在病房裡，平介一來她便離開。加奈江在床上睡著了，頭上的繃帶令人心疼，幸好臉龐沒受傷。加奈江才就讀小學五年級，等待她的，應該是快樂的未來。該如何撫平事故造成的衝擊？加奈江已恢復意識，但還無法說話，只能點頭或搖頭示意。

加奈江獲救，平介十分感謝上天，卻又對上天奪走暢子忿忿不平。他不曉得該將怒氣出在誰身上。如果拯救加奈江和害死暢子的都是上天，那麼，上天究竟是什麼意思？

平介深愛妻子。最近她有些發福，細紋愈來愈明顯，平介卻很愛她那張討喜的臉。妻子話多又強勢，一點也不給丈夫面子，但性格率眞，和她在一起非常開心。同時，她是個聰明的女人，也是加奈江眼中的好母親。

看著加奈江的睡臉，腦中不斷浮現暢子的往事，平介啜泣起來。其實，每晚他都躲在被窩裡哭，今天只不過是比平常提早哭。他從喪服口袋裡拿出皺巴巴的手帕，按住雙眼。「暢子、暢子、暢子……」乾了幾分的手帕，隨即又濕透。

這時，他聽見一道聲音。「老公……」

平介一驚，抬起頭，望向房門。他以爲有人進來，但門依然關著。他懷疑是聽錯，聲音再度響起。

「老公，這邊啦。」

平介嚇得差點跳起。叫喚他的是加奈江。剛剛還在睡的女兒，從病床上抬頭，看著父親。

「加奈江……啊啊，加奈江，妳終於能說話。太好了、太好了。」平介從椅子上站起，涕泗縱橫的臉皺得更厲害。他突然想到該及早找醫生過來，慌慌張張地走向門口。

「老公，等等。」加奈江微弱地開口，平介握著門把轉身。他情緒激動，沒發現女兒的語氣怪異。加奈江繼續道：「來這邊，聽我說。」

「我當然會聽，不過得先去找醫生。」

「不可以，你先過來。」加奈江懇求。

平介有點猶豫，仍決定聽從她的意思。他以爲加奈江在撒嬌。「好啦，爸爸到妳身邊了。有什麼話儘管說。」

加奈江注視著平介。看到那雙瞳眸，平介忽然有種奇異的感覺。好怪的眼神，不像是孩子。

「老公，你相信我的話嗎？」

「相信啊，妳說什麼我都相信。」平介回答後，終於察覺不對勁。老公？

加奈江盯著他，繼續道：「老公，我不是加奈江。」

「咦？」平介的表情僵住。

「我不是加奈江，你看不出來嗎？」

平介收起笑容，「妳在胡說什麼。」

「我沒在開玩笑。我眞的不是加奈江，你應該看得出來吧？我是暢子啊。」

「暢子？」

「對，是我。」加奈江的表情像是又哭又笑。

平介再度起身，搖搖晃晃走向入口。他打算去找醫生，女兒的心理狀況肯定出了問題。

「別走，不要找人來。聽我說，眞的是我。我是暢子呀。我知道你很難相信，連我都不敢相信，但這是事實。」加奈江哭泣起來。不，是有著加奈江的外表的女人在哭。

怎麼可能！不可能有這種事。平介備受衝擊。不是無法相信她的話，只因那確實是妻子的語氣。這麼一想，他察覺加奈江散發出的氣質不像小學生。平介心裡很清楚。

「妳記得我上個月的薪水是多少嗎？」他問。

「基本薪資二十九萬七千圓，連同加班費和出差津貼，總共是三十二萬八千二百一十五圓。可是，扣掉稅額和年金健保，實收二十七萬圓左右。」加奈江含著淚回答。「厚生年金實在太貴了。」

平介愣在當場。她說的數字正確無誤，女兒根本不可能知道這些細節。

「妳眞的是暢子嗎？」平介的話聲顫抖。

她用力點一下頭。

暢子說，她是在被送到病房好一陣子後，才明白身上發生的狀況。在那之前，她一直覺得奇怪，不明白爲什麼每個人都叫她「加奈江小妹妹」。即使釐清處境，她還是認爲，如果不是做惡夢，就是自己瘋了，想早點恢復正常。今天看到平介在身旁哭，她終於接受事實：這不是夢，自己也沒發瘋。

「這樣一來，死的是加奈江？」平介向暢子確認，她躺著點點頭。「是嗎……」平介垂下頭，「加奈江死了啊。」

暢子哭出聲。「對不起，我寧願是加奈江活著。」

「說什麼傻話，妳獲救就値得慶幸了。即使只有妳……」平介不禁哽咽。看著加奈江活生生的面孔，想到孩子其實已不在世上，心中湧出一股不同於目睹孩子死亡的悲傷。兩人相對，默默流淚。

「可是，還是很難相信，居然會有這種事。」哭了一陣，平介盯著女兒的臉。不，應該說是妻子的臉。

「老公，該怎麼辦？」

「怎麼辦……恐怕不會有人相信，醫生也無能爲力吧。」

「八成會被送進精神病院。」

「我想也是。」平介雙手抱胸，沉吟起來。

暢子看著他，問道：「今天是葬禮吧。」

「嗯？啊，對。」

「我的葬禮。」

「是啊。」平介點點頭，望著妻子。「可是，妳還活著。」

「所以是加奈江的葬禮。」暢子眼中又滾落淚水，「是我搶走那孩子的身體。」

「妳是救了加奈江的身體。」平介握住妻子的手。

事故發生一週後，醫生允許外人探病。首先來訪的，是加奈江的級任導師，及和她要好的四個同學。

「在電視上看到杉本同學的名字，我嚇一大跳，差點哭出來。」山田老師開口。她是個年輕的老師。

「讓老師擔心了，這輩子我都不想再搭飛機。」暢子回答。

老師的臉色有點奇怪，隨即恢復笑容。「希望妳能早點回來，大家都很期待見到杉本同學。」

「是嗎？也對，總不能一直缺席下去。」暢子爲難地望向平介，接著趕緊面向老師。

「嗯，還請老師轉告大家，我也非常期待。」

老師露出訝異的表情。離開病房後，同學談論著「加奈江變得好歐巴桑」，傳入平介的耳中。

等她們走遠，暢子趴在床上哭了許久，約莫是想起加奈江。

事故發生兩週後，暢子以加奈江的模樣出院。原本退燒的媒體又齊聚醫院，麥克風全指向平介。

「關於賠償方面，基本上全權委任律師。對，金額不是問題。一場意外奪走加奈江的性命，暢子也深受創傷。我們希望看到航空公司的誠意。」記者談及航空公司的回應時，平介如此回答。

播報新聞的外景記者，最後加上一段話：「杉本平介先生表現得鎮靜，其實內心仍十分激動，從他說錯妻子和女兒的名字便可看出。以上是記者在現場的報導。」

平介與暢子回到家，針對今後討論一番。兩人的想法一致，認爲暢子以加奈江的身分生活是最妥當的。既然借用加奈江的身體，暢子終究不可能以暢子的身分生活。而且，兩人都同意，這樣才是對加奈江最好的安慰。

「我得努力用功。要是成績退步，會讓那孩子丟臉。」暢子邊泡茶邊說：「她將來的夢想是什麼？希望能幫她實現。來，喝茶。」

「她想當平凡的家庭主婦。」平介應道。

「那麼，現在這樣就好嘍？」

「不行，」平介端起茶杯，望著暢子：「未免太奇怪了吧。」

「爲什麼？」暢子恍然大悟般看著自己的身體，視線又回到丈夫身上，露出尷尬的笑容。「你別胡思亂想，我會永遠待在你身邊。」

平介只是默默喝茶。

於是，平介與暢子展開奇妙的生活。在旁人眼中，是一對感情融洽的父女，但若聽他們的談話內容，應該會對其中的不自然大感納悶。

一個小學女生，嘴裡會冒出這種話：

「老公，垃圾麻煩丟一下。啊，那邊的紙箱也要丟。廚餘記得綁緊。那裡烏鴉很多，要特別留意。」

「妳才是，該出門了吧？」

「啊，對耶。呃，我的書包放在哪裡？」

「作業寫了吧？」

「算是吧。」

「喂，妳行不行啊？」

「課題很難，你都不幫我。」

「是妳說不能幫小孩寫作業的啊。」

「我說過這種話嗎？噢，差點忘了交換日記。」

「加奈江在寫交換日記？」

「是啊，連我都不知道。對方是名叫晶晶的女生，很可愛。所以，我才曉得有個男生喜歡加奈江。遠藤同學，長得白白胖胖。」

「才多大就有喜歡的女生……加奈江怎麼想？」

「不清楚。不過，我覺得他不是加奈江喜歡的類型。雖然對不起遠藤同學，我還是疏遠他。」

「很好。」

「我去學校嘍。啊，老公，回家前記得買豆腐，要嫩豆腐。」

儘管外貌不自然，但生活上一點都不會不方便。當然，暢子變成加奈江的模樣，家事依舊一把罩。不久，加奈江在鄰里間也出了名。經歷那樣的悲劇，仍自立自強地扛起母親的工作，任誰看到都會大受感動。

「加奈江眞了不起，大家都好感動。而且，這陣子愈來愈像媽媽。她一定是覺得要做好媽媽的工作吧。像在買魚時，連殺價的架勢都和她媽媽一模一樣，嚇我一跳。」附近的主婦曾攔住下班回家的平介，這麼跟他說。

不過，並非完全沒問題。兩人最大的煩惱，畢竟是晚上的事。

一天晚上，平介在被窩裡正要睡著，側腹被輕戳幾下。暢子以加奈江的面孔直盯著他。

「怎麼了？」平介問。

暢子扭捏半晌，開口：「問你喔，那方面怎麼辦？」

「哪方面？」平介一時不明白她指的是什麼，隨即睜大眼。「妳問我，我也不能怎麼辦啊。畢竟都變成這樣了。」

「不可能做嘛。」

「當然。別、別、別說傻話，怎麼可能跟親生女兒……而且是小學生。」
「可是，你忍得住嗎？」
「說什麼忍不忍，就算明知是妳，看到外表，怎麼可能有性致。我可不是變態。」
「也對。那麼，要找別的女人嗎？」
「唔……」平介低聲沉吟，「我倒是沒想過。妳呢？有那方面的需求嗎？」
「這個喔，完全沒那種心情。即使試著想像，也毫無感覺。怎麼講，就是身體沒反應。」
「眞不可思議。不過，這也是當然的吧。」平介覺得小學生的身體有反應才恐怖。
「說的也是。」暢子憂鬱地點頭。
「反正，這方面就是沒辦法，只能放棄。」
此時，平介提出一個建議。即使是兩人獨處，不要喊他「老公」，他也不會再叫暢子，改叫「加奈江」。他認爲有必要養成習慣。
「好。」暢子答應。「爸爸，晚安。」
「晚安，加奈江。」
之後，暢子以加奈江的身分順利度過每一天。一開始不自然的遣詞用字，漸漸變得孩子氣。平介問起，她表示並未特別注意，和朋友交談自然就變了。還是女人的適應力比較強，平介默默想著。眼看妻子的痕跡，一點一點從暢子現在的模樣中消失，他有股道不出的失落。

後來，暢子成為國中生。雖然仍比同學老成，但已完全融入他們當中。她成績優秀，又細心體貼，在朋友之間人緣極佳。星期日有時會帶幾個朋友回家，端出親手做的菜。每次都技驚四座，毫無例外。

「加奈江好厲害，妳怎麼學的？」

「沒什麼，現在有許多方便的烹飪用具。不像以前得用蒸籠之類的，多麻煩。如今的年輕媽媽眞的很好命。」

「討厭啦，講得妳有多老似的。」

「所以我才覺得要心存感激呀。」即使不小心露出馬腳，她也能自然地把場面圓過去。

升上國二後，平介察覺暢子出現微妙的變化。原本他們都是一起洗澡，但平介感受到暢子的排斥，也不再在他面前大剌剌地換衣服。有天晚上，他大膽詢問，暢子躊躇半天，才開口：

「抱歉，就是不喜歡。我也不清楚為什麼。」她露出悲傷的表情。「絕不是討厭爸爸。」

平介的心情難以言喻。他不曉得眼前的到底是妻子還是女兒，但他認為只能採取一種態度。

「我明白，妳別介意。以後就分開洗吧。」

「對不起。」暢子低著頭。

發生這段插曲後，平介不得不意識到加奈江生理上的成長。他承認心中有性欲，為此自我厭惡。即使告訴自己，那個人是妻子，有這種念頭沒關係，卻明白只是藉口。

幾經苦惱，他決定把暢子當成加奈江，完全拋棄她是妻子的念頭。或許無法立刻辦到，但他決心要朝這個方向努力。

即使從夫妻變成父女，兩人感情依然很好，極少吵架。然而，暢子準備上高中時，他們產生激烈的爭執。

「女校有什麼不好？還可以直升大學，不是嗎？」

「可是，這裡的學費太貴。你看，公立學校的差這麼多。」

「公立學校不是問題層出不窮嗎？像是風紀紊亂之類的。」

「那是偏見，還不是有人說女校環境封閉。」

「可是，公立是男女同校。」

「對啊，那又怎樣？」

「要是遇到臭男生怎麼辦？啊，妳該不會是想跟男生去玩，才選公立的吧？」

「才不是！這是什麼話，我就如此沒信用嗎？」

「妳現在是這麼說，等男生來追妳，妳就會變了。這個年紀的男生，滿腦子只有那件事，妳懂不懂？」

「當然，我又不是沒遇過。」

爭執期間，前所未有的嫉妒占據平介的內心，但他並不認爲自己異常。假如活著的是加奈江，一定也會發生相同的爭執。

最後是平介讓步，暢子進入公立高中。平介擔心得要命，常關切班上有怎樣的男同學。每次男生打電話來，一定會問暢子是什麼事。要是暢子不在時，收到寄給她的信，平介不能拆，只能伸長脖子焦急地等她回來。

暢子高二那年夏天，怒氣一舉爆發。她和朋友約定一起去露營，平介卻擅自打電話到朋友家回絕。因爲同行的人，半數是男生。

「加奈江也有她的青春啊！爲什麼要剝奪她的青春？」

「妳只是想借用加奈江的身體去玩吧！」

「哪裡不對？當初明明講好，這樣才能安慰加奈江在天之靈。」

「又不是只有到處玩才叫青春，像是念書之類的，還有很多該做的事。」

「交朋友也很重要。」

「妳有我了，不是嗎？」

「世代不同啦！」

這句話像一把利刃，刺進平介的胸口。他無話可說，把自己關在房裡。不久，暢子走進來。

「對不起，我不是故意說那種話，是我不好。」

「沒關係，加奈江說的是對的。」

「我們以後該怎麼辦？」

「沒什麼可煩惱的，以後是我個人的問題。」

「老公……」相隔數年，暢子如此呼喚，抱住平介的頭。曾經濃密的髮絲漸漸稀疏。

那個夏天，她和朋友去露營了。

又過七年。一個好日子，在某飯店的結婚會場附設的休息室，平介一身禮服。

「伯父，新娘準備好了。」新娘祕書過來提醒，平介點點頭，步向新娘休息室。

門一開，加奈江穿婚紗的模樣映入眼簾。平介看到的是鏡子，她也透過鏡子注意到平介，緩緩轉身。室內瀰漫著花香。

「哦，眞沒想到……」平介想起三十年前的光景，「居然和當時一樣。眞的一模一樣，簡直像看到當時的妳。」

「我也這麼想。」

聽著兩人的對話，新娘祕書一頭霧水，隨即又堆起笑容。「新娘子實在很美。」然後，她便識相地離開，留下平介和暢子。

「爸爸，長久以來，眞的是長久以來，謝謝你的照顧。」暢子行一禮，聲淚俱下。

「嗯，啊……妳要注意身體。」

「我會的。」

這時，有人敲門。平介一回應，吉永信雄那張圓臉便出現。看到新娘，吉永雙眼發亮。「哇，眞美。嗯，好美。除了美，沒有別的形容。」

接著，他望向平介。「爸，您說是不是？」

「早在三十年前，我就知道了。」平介回一句，「倒是信雄，你來一下。」

「好的、好的，有什麼事呢？」

平介帶吉永回到休息室，幸好沒人。平介注視著馬上要和暢子結婚的男人，吉永顯得有些緊張。

暢子還沒向平介招認有喜歡的人，平介早已察覺。她大學畢業後，到某製造商上班，對象是公司的同事。平介心想，該來的終於來了。其實，好幾年前，他就開始爲這一刻做心理建設。一逼問，暢子便說出吉永的事，坦承愛他，也收到他的求婚。但她表示有些原因無法結婚，吉永無法接受，每次見面就不停追問。

平介決定會一會吉永。在一個晴朗的日子，暢子把他帶回家。

吉永信雄這個人，會令人聯想到馬力十足的國產車。看上去有些冒失，但應該有能力築起開朗的家庭，爲人誠實。平介十分佩服，不愧是暢子，很清楚婚姻生活需要什麼。

平介認爲，這個男人值得託付。

「請問，怎麼了嗎？」吉永的圓眼看著平介。

「想拜託你一件事。」平介開口。

「好的，請儘管吩咐。」

「不會太困難，許多新娘的爸爸都會對新郎這麼做，能不能讓我來一下。」

「啊，是什麼？」

「就是這個啊。」平介在吉永面前舉起拳頭。

「吃我的拳頭。」

「咦！」吉永不禁後仰，「現在？」

「不行嗎？」

「哎呀，傷腦筋，等一下得拍照。」吉永抓抓腦袋，隨即大大點頭。「我明白了。要娶您那麼美麗的女兒，這點小事根本不算什麼。我就挨您一拳。」

「誰說一拳，是二拳。」

「欸，兩拳？」

「一拳是女兒被你搶走的不甘，一拳是另一個人的份。」

「另一個人？」

「你不用管，閉上眼睛。」平介握緊拳頭，還沒舉起，淚水就滑落。他當場蹲下，放聲大哭。

名偵探退場

1

敲門聲響起時，安東尼．懷克坐在安樂椅上，叼著菸斗吞雲吐霧，膝上攤著過去的資料。其實，他並非只有這個時候會這麼做。晚餐後，進書房到睡前，翻閱資料成爲他近來的日課。

「是馬許啊，進來。」

懷克一說，門便緩緩打開，休．馬許瘦削的身軀有所顧慮地出現。過去他是必須抬頭仰望的高個子，如今駝背直不起，變得和懷克幾乎同高。

「第五卷完成了。」馬許遞出夾在腋下的黑皮書。

懷克瞇起眼，從椅子上站起。

「總算完成，我一直期待著這一卷。」他叼著菸斗接過書，先欣賞黑色封面上的燙金字。「馬許，就是這個啊，眞美妙。《魔王館謀殺案全紀錄》，勾起我多少往日的回憶。每天都充滿鬥智的緊張刺激。」

「看著內容我也想起來了。」馬許不停點頭。

懷克再度將自己安頓在安樂椅上，緩緩翻開自費出版的書。印刷的墨水味十分刺鼻。

「在我經手的案件中，這可說是最困難的一件。畢竟線索幾乎等於零，嫌犯卻特別多。最重要的是……」他將菸斗頭轉向馬許，「遇害的主人的房間，不僅是密室，還是三重密室。不是我自誇，葛萊姆家的人沒找蘇格蘭警場，而是來找我想辦法，只能說他們福星高照。警場那些人的死腦袋，簡直像放置一個月發黴的硬麵包，要他們解開錯綜複雜的結，根本是痴心妄想。」

「沒錯，在我心中，那也是印象深刻的案件。」馬許附和。「遺憾的是，後來具獨創性的犯罪案件便難得一見。」

聽到老助手的話，懷克皺起眉。

「馬許，這話對極了。最近的罪犯缺乏創意的程度，實在教人吃驚。只知剽竊前人的手法，糟糕一點的，要殺人還懶得故布疑陣。我仍在辦案時，罪犯可是有藝術家的自尊。當然，他們的作品難免有瑕疵，最終才會被我看穿。不過，這些瑕疵也是過度追求華麗，衍生出的必要之惡啊。」

說到這裡，懷克咳一聲。因爲喉嚨卡了痰。以前講這麼幾句話，根本不用擔心聲音出問題。

「話雖如此，」他略略降低音量，順便嘆一口氣。「只怪他們或許太嚴苛，如今警方辦案的方式改變，什麼都講究科學。無頭屍不再無法確認身分，即使屍體被火燒過也不算什麼。不久之前，不是才從血跡查出犯人的基因，並順利逮捕嗎？現今不再是頭腦與頭腦的鬥智，有比這更掃興的嗎？這樣還向罪犯要求藝術性，未免太強人所難。」

「希金斯警探說過相同的話。」

馬許提到的這個人，二十年前自警場退休。他是懷克的勁敵，也是襯托懷克的配角。希金斯的專長，便是對所有線索都掰得出一套說明，並導出與眞相差距十萬八千里的結論。至今懷克仍經常與他碰面。

「我想也是。那牛頭不對馬嘴的推理，他自己根本樂在其中啊。一切都能用科學來闡明後，他的長才就無用武之地。幸好他老早退休，我一點都不想看到警探在電腦前手足無措的樣子。」

「您說的是。」或許是想像警探的處境，馬許皺起本來皺紋就不少的臉，露出討喜的微笑。

「哎，別提這些。」懷克的視線回到手邊的書，寵愛小狗般輕撫紙面。「這個案子稱得上是我的代表作。魔王館謀殺案。『魔王館』，你記得嗎？」

「怎麼忘得了？」馬許收起笑容，一臉正色，連腰似乎都挺直。「那裡有棟名爲『魔王之首』的別館，造形奇特。」

「命案就發生在那棟別館。」懷克雙眼發亮，抱著書猛然站起。「遇害的是屋主泰特斯．葛萊姆爵士。他不愛交際，避世而居，卻有愛好男色的傳聞。」

「有個自稱他情人的傢伙。」

「理查啊，理查．史密斯。明明臉色很差，身材卻孔武有力，實在莫名其妙。他是厚顏無恥地要求繼承葛萊姆爵士莫大財產的人之一。」

「包括理查在內，住在主屋的共有七人，能夠稱爲家人的……」馬許一頓，懷克接過話：「只有一個。葛萊姆爵士的女兒愛蜜莉，才五歲，是他和最後一任妻子生下的孩子。案發前兩年，妻子就病逝。同居人當中，有兩個甥姪、兩個表親，剩下的是愛蜜莉的家庭教師羅徹斯特女士，和吃閒飯的理查。」

「最初來找您的，是服侍葛萊姆公爵的女僕席拉。她聲稱有人要老爺的命，請您前去解救。」

「我們當然立刻飛車前往，而且是冒著大雪。當時命案尚未發生，但我這鼻子早就聞出來。」懷克以食指彈彈自己的鷹勾鼻。「她周身散發出慘案的味道。不幸的是，我的鼻子沒失靈。我們趕到時，葛萊姆爵士已遇害。」

不——他戳戳自己的太陽穴，搖搖頭。

「我們抵達之際，還沒發現他遭到殺害。他們說葛萊姆爵士在別館休息。當時雪已停，名爲『魔王之首』的別館，四周也是一片銀白世界。那片潔白，與我們緊接著看到的慘劇，形成強烈的對比。」

「還有密室。」

「是三重喔。」懷克豎起三根手指，「屍體是在別館的書房發現的，但那間書房，及別館入口都上了鎖。屍體的狀態也非比尋常。穿著中世紀的盔甲，人被勒死在裡頭。而且，所有嫌犯都有不在場證明。難怪後來趕到的希金斯警探一聽到案情，直接下結論說是惡魔作祟。」

「然而，懷克先生仍精彩破解這件難案。那一晚的經過，至今仍深深烙在我心底。」

馬許閉上眼。

「你是指，那個能眺望庭院的起居室啊。」懷克同樣閉上眼。於是，這間書房便成爲那一晚葛萊姆豪宅的起居室。然後，他聽到了。是他自己的聲音。

「那麼，各位……」話聲不像現在這般沙啞，是宏亮的男中音。嫌犯有的坐在沙發上，有的倚靠柱子，注意著偵探的一舉一動。當然，以希金斯警探爲首的蘇格蘭警場眾人也一樣。懷克挺起胸膛，從容環視在場全員。

「各位，這是我所知最複雜、最巧妙的案件，我十分敬佩眞凶的頭腦。這次的命案，凶手只犯下一個錯誤。萬一沒發現這個失誤，我絕對解不開謎團。」

他觀察所有人的反應，擺足架勢，解開三重密室之謎，同時也說明屍體穿著盔甲的理由。邏輯井然有序，分析不涉感情。嫌犯和警方，只不過是欣賞懷克獻藝的觀眾。

接著，終於進入核心。懷克逐一舉出嫌犯，揭露其與死者之間不爲人知的過往。例如，葛萊姆爵士的姪女美樂蒂——

「五年前，美樂蒂小姐是威瑟靈頓牧師府的女僕。她與附近酒吧的廚師陷入愛河，懷有身孕，決定私奔。不料，男方行蹤不明。無奈之餘，她一生下孩子，便棄置在牧師府中，獨自逃離。現在牧師仍養育著那個孩子，每年的聖誕節，美樂蒂小姐都會匿名寄禮物，但今年她決定鼓起勇氣去見孩子。這封信就是證據。」懷克不顧茫然失措的美樂蒂小姐，從懷裡抽出一封信。

此外，他整理出每個人在案發當晚的行動，同樣以美樂蒂小姐爲例。

「案發當晚，她在寫這封信，卻被葛萊姆爵士發現。他一直相信美樂蒂小姐純潔無瑕，於是大發雷霆，還罵『妳這個蕩婦！』，這就是理查聽到的聲音。」

懷克針對所有嫌犯進行推理，只要分析他發表的內容，眞凶自然水落石出。所以，懷克會望向希金斯警探，拋出一句：「說到這裡，聰明的警探應該已明白全部眞相。」

接著，警探會觀察部下的臉色，在椅子上扭捏一陣，乾咳一聲，才開口：「嗯，大致明白。不過，既然你說了這麼多，最精彩的部分由我來公開，未免有失公平。那麼，今天——就今天，我讓你出出風頭。」

「多謝您的美意。」懷克向警探彎身行禮。這番對話，成爲他與警探之間的儀式。

「那麼，各位。」懷克再次面向嫌犯。「我就公布眞相吧。眞凶到底是誰？答案很明顯，能夠製造出三重密室、騙葛萊姆爵士穿上盔甲，並且有殺害他的動機的人，符合這三點即可。」

懷克豎起食指，緩緩走到某個人物前。「凶手就是妳，羅徹斯特女士。」

優雅的女士宛如看到槍口，注視著懷克的指尖，栗色髮絲無力地左右搖晃。她臉上浮現畏懼，及不可思議地，還有安心的神色。

「我……」她起身面向懷克，不斷後退。腳跟一碰到身後的柱子，她便像跳舞般跑起來。

懷克最失策的是，沒事先請警探安排部下看住門口。羅徹斯特女士的身影完全消失後，懷克才大叫：「警探，請把她追回來。」希金斯警探後知後覺般下令，部下在他出聲前，也形同木偶。

羅徹斯特女士患有心臟病，平常想必不會全力疾奔，她卻突然跑了起來。同時，懷克看破她的罪行，或許也對她的心臟造成不小的負荷。在前往「魔王之首」的庭院途中，她心臟病發作昏倒。警探的部下將她帶回，但直到她一小時後斷氣，始終沒恢復意識。

「唯一的遺憾，」回到現實的懷克對馬許說：「是沒聽羅徹斯特女士親口道出真相。當然，我相信自己的推理不會錯，但我想知道究竟有多正確。要是她能自白……」懷克拿起黑皮書，「我會在這份手記裡特別強調這一點。好比，葛萊姆爵士遇害前說想喝自家釀製的苦味啤酒的理由，我也準確推理出來。這件事本身與命案並無直接關係，但如果訊問羅徹斯特女士，真相會益發清晰，更能凸顯我在推理上的細緻周全。」

馬許完全就是聽搭檔發牢騷的老人，一顆頭像驢子般不斷上下晃動。

「話說回來，真是費神的大案子。」懷克細心把書放到架上，在安樂椅上坐好。這陣子他腳力不濟，稍微一站膝蓋上方就隱隱刺痛。

「再也不會出現那樣的命案，」懷克搖搖頭，「帶給我夢想和激情。這都是往事了。

在我死前，不曉得能不能再遇到一次那樣的命案？不，」他話聲一頓，「用不著那麼精彩。但我希望在頭腦還清楚時，能再破解一道謎題。眞想遇見適合我的謎題啊。馬許，你說是不是？」

年老的助手抬起頭，看著服侍多年的主人。

「這算是奢求嗎？」昔日的名偵探靜靜地問。

2

實際上，懷克沒想到能夠美夢成眞。他比誰都清楚，如今不再是偵探這個行業能夠存活的時代。所以，他退居北部郊區，埋頭將處理過的代表性案件，整理成手記，自費出版。最近沒人請他演講，也沒出版社邀稿，但年輕時的儲蓄不少，還有能力僱用女僕。馬許則有女兒和女婿寄來生活費。因此，兩人每天的作業，便是一味複誦往昔的案件，以免忘記。然而，委託人竟來到他們的身邊。既不是爲演講，也不是爲原稿，而是請他去辦案。

她自稱瑪莉．霍克，約三十四、五歲。大衣底下是深藍色的連身洋裝，處處有灰色條紋，別著一枚金絲胸針。她從皮斗頓來，距此不遠，是個鄉下地方。

「我在洛克威爾家幫傭。」瑪莉神色略顯緊張，切入正題。「我來這裡，是想請您幫忙主人亞弗瑞．洛克威爾。因爲我聽說，安東尼．懷克先生是舉世無雙的偵探。」

「我只是個普通的偵探。」懷克吐出這句睽違二十年的話，邊透過這名女子的口音猜測她是哪裡人。他有印象，是約克夏嗎……太久沒幹這一行，一時想不起。

「那麼，您希望我們幫什麼忙？」馬許完全回到二十年前的狀態，提出問題。

「是的。其實，府裡有人要老爺的性命。」

聽到瑪莉的話，懷克嘴裡的菸斗差點掉下來。「請告訴我詳情。」

「前幾天，老爺喊我過去。一進他房間，他便給我看藥瓶。那是他平常吃的安眠藥。他認爲有人碰過，我說不清楚。於是，他一臉嚴肅，透露裡面摻有毒藥。」

「怎樣的毒藥？粉末，還是錠劑？」

「是白色的錠劑，和安眠藥非常像，他給我看時，我沒立刻發現不一樣。他的眼力極好，馬上注意到混入不同的藥錠。」

「白色錠劑，老爺的眼力極好。」重複一遍後，懷克看著女子，指向右邊的助手。「馬許，記下來。這是重要的線索。」

馬許靈敏一如往昔，從口袋取出記事本。那記事本邊緣泛黃變色，令人懷疑裡面的日曆是不是前年的。確定助手記下後，懷克面向瑪莉，開口：「請繼續。」

「老爺說，其實這是第二次有人要他的性命。第一次是前幾天他騎馬時，馬鞍底下藏有玻璃碎片。馬一鬧起來，他差點摔落，幸虧他騎術精湛……」

「所以平安無事吧。」懷克接過話，她大大點頭。一旁的馬許低喃：「洛克威爾先生的騎術精湛。」

「馬是由誰照顧？」懷克問。

「我們有馬夫，可是老爺並不懷疑他。他把馬當自己的孩子疼愛，藏玻璃碎片這種可怕的事，他做不出來。」

「府邸裡住著多少人？」

「除了老爺和我，有六個人。包括老爺的弟弟瑞德・哈林、他的太太薇薇安，及他們的兒子肯尼斯；老爺的妹妹菲絲・奧德利，及她丈夫莫廷・奧德利。不過，哈林先生和菲絲夫人，跟老爺都不是同母所生。另外，就是以女主人自居的瑪格麗特・普朗特女士。」

爲了整理人物關係，懷克要她重複一遍，馬許逐一記下。以前他筆勢行雲流水，如今卻生硬滯澀。

「其他還有哪些人會在府裡出入？」懷克問。

「平常很少有人來。啊，詹姆斯・萊爾先生會上門。他是老爺的主治醫師，週末一定會出現，是個非常好的人。」瑪莉像是要保證這一點，雙手在胸前用力互握。

「那麼，」懷克換一下蹺腳的腿，「想要洛克威爾先生性命的人，很可能就在這些人當中。」

瑪莉點點頭，一副隨時會哭出來的表情。

「老爺是這麼認爲，於是立刻派我來找名偵探安東尼・懷克商量。老爺說，偵探先生一定會幫忙。」

「這是聰明的選擇。」懷克在安樂椅上挺直腰桿，好久沒從自己和馬許以外的人口中，聽到「名偵探」一詞。「不過，還有一個疑點。洛克威爾先生沒懷疑妳嗎？」

聽到這句話，瑪莉不滿地皺起眉，重新看了剛才提及的名偵探一眼。

「我沒有動機。萬一老爺喪命，我只會失業。」

「那麼，其他人有動機嗎？」

「當然。」她的聲音變大。「老爺一死，會留下龐大的財產。那些人就是貪圖那筆財產。」

有意思——懷克暗想著。豪宅，一群住在那裡的怪人，以遺產爲目標的犯罪。豈不是繼「魔王館謀殺案」以來，僅見的本格設定？

「所以，事情是這樣吧。」懷克壓抑著心中的雀躍，對瑪莉說：「目前，洛克威爾先生與眾多嫌犯住在同一棟建築中。」

不料，瑪莉搖頭。「不，不是的。」

「不是？」

「不是同一棟建築，老爺都在名爲『天使之翼』的別館起居。」

下一整夜的雪似乎停歇。

在前往皮斗頓的車上，懷克看著依照瑪莉．霍克的話，描繪出的「天使館」平面圖。「天使館」是洛克威爾為府邸取的暱稱，但到底哪裡像天使，懷克實在不明白。這一點和「魔王館」那時不同。從空中俯瞰，那座大宅的形狀，猶如魔王打開斗篷。

除了這一點，這次的狀況酷似「魔王館謀殺案」。住在別館的主人有性命危險，在那裡工作的女子前來通知懷克，而且，同居人覬覦主人的遺產。

「再加上一個條件，」懷克對一旁快要打瞌睡的馬許說：「就一模一樣。只差一個條件。但我們不能期待那個條件出現，所以必須及早趕到。」

「眞是不可思議。」馬許忍住一個哈欠。昨晚，他取出塵封許久的工作包，但放大鏡、望遠鏡、萬用鑰匙全長黴，懷表的指針停在十多年前，動也不動。不過，他仍清理除臭，忙到天亮。可能清理得不夠徹底，他手上的皮製工作包，散發一股難以形容的黴味。

卡噹一聲，伴隨一陣衝擊，車子停下，懷克一鼻子撞上前座的椅背。一陣暈眩後，他回過神。「怎麼了嗎？」他按住自豪的鼻子問司機。

「輪胎因雪打滑。」司機回答。

「不要緊嗎？皮斗頓位在更鄉下的地方，接下來要走的山路，積雪恐怕會加深。」

「請放心，剛才是野生小動物突然衝出來。」司機再度發動引擎。懷克環顧四周，田園風光變成一片雪白。兩個鐘頭後，他們抵達皮斗頓。

洛克威爾宅邸，是一座溫柔與威嚴兼具的大宅。以沙岩砌成的房子透出幾許暖意，通往大門的廊道途中有小橋流水。還有幾座小塔，可見曾是領主的莊園。

然而，懷克沒多少機會觀察這座大宅。剛抵達正門，瑪莉．霍克便疾奔而出，臉色像死人一樣蒼白。

「老爺的樣子不對勁。他去別館後，就沒任何消息。用通話機呼叫，也沒回應。」

「別館在哪裡？」懷克提起行李就要狂奔，然而，向這陣子虛弱無比的腰腿要求瞬間爆發力，未免太強人所難。他感到大腿內側竄過一道電流，當場蹲下，而後緩緩起身，拖著一條腿追上瑪莉。馬許以去哈洛德百貨公司買魚子醬的速度走著，他應該已全速前進。

經過大宅，他們來到通往後院的門前。出現一個體格結實的男子，及一個金髮女孩。男子自稱詹姆斯．萊爾，是洛克威爾的主治醫師。女孩則是以女主人自居的瑪格麗特．普朗特。

「我正想過去看看。」萊爾解釋，「可是，現在是這種狀況。聽說懷克先生來了，我認爲最好由您主持一切，便在這裡等。」

懷克站在門前，眺望後院。只見一段古老的石階，再過去便是別館。萊爾口中的狀況，指的是後院的狀態。昨晚下的雪，讓一切染上雪白，連一個腳印都沒有。

接下來的狀況，或許不必詳述。白雪隔離的別館，大門一如預期從內側上鎖，裡面的書房也鎖著。萊爾持斧頭劈開兩道門，否則進不去。他們在書房找到的，是如人偶般倒在椅子上的亞弗瑞·洛克威爾。他胸前流血，握著一把手槍。

主治醫師萊爾一看，立刻搖頭。

「那把槍，是洛克威爾先生的嗎？」懷克問。

「應該沒錯。」不敢直視屍體的瑪格麗特·普朗特，緊貼著牆回答。「我看過那把槍，平常都放在抽屜裡。」

萊爾取下手槍，交給懷克。沉甸甸的，極有分量，觸感冰涼。

「有必要請所有人齊聚一堂，然後，我想分別請教幾句話。」懷克朝天花板擺出開槍的姿勢。

大宅的同居人到齊。哈林夫妻與兒子、奧德利夫妻、瑪格麗特和詹姆斯·萊爾。懷克分別與他們單獨談話。其實，發生一個懷克由衷歡迎的狀況。他們來這裡的路上發生雪崩，目前無法對外通行。而且，由於雪崩，連電話線都斷了。換句話說，這座令人聯想到古堡的豪宅，此刻完全孤立。供他盡情發揮推理能力的上乘舞台，已準備妥當。

「眞是不可思議。」這天晚上就寢前，懷克對馬許說。兩人的房間有門可互通。「這次的事件，簡直是重演『魔王館謀殺案』。人物關係和房舍的形狀有點不同，但內容本質完全相同。三重密室之謎，根本就是翻版。」

「爲何會發生這種情況？」馬許一副毛骨悚然的神情。

「我也在思考這一點，發現唯一的可能性。這個凶手會不會是模仿『魔王館謀殺案』？以爲模仿那個案子，便能夠達成完全犯罪。」

「那次的詭計非常完美。」

「沒錯。一般人是看不出來的，凶手有百分之九十九的成功率。但他時運不濟，碰上百分之一的失敗率，也就是我。」懷克指指自己。「我來到這裡，凶手只好投降。此刻，他一定正絞盡腦汁，想著該如何逃脫。可是，道路封鎖，他無法逃離這座大宅。」

「那麼，您知道凶手是誰？」

「這是早晚的問題，畢竟依循前例即可。只是……」懷克一度閉上嘴，搖頭晃腦：「總覺得不夠勁。久久遇上一次大案啊，難道有創意的罪犯眞的死絕了嗎？」

「哎，這未嘗不是一件好事。」馬許替他打氣。「還有發表眞凶的高潮呢，沒想到能再經歷一次。」

「嗯，那是最痛快的。」懷克點點頭。「明天中午，所有謎題應該就能解開，晚上你讓所有人都到起居室來。」

遵命——老助手回答。

次夜，懷克一如預期解開謎團，卻在房裡搞不定髮型。以前稍微一梳，立刻英氣逼人、風範儼然，現在幾乎都是白髮，而且髮量不足，怎麼弄都弄不好。即使如此，他仍說服自己妥協，在鏡前端詳全身。燕尾服挺稱頭。

這時，馬許進來。「眾人到齊了。」

「謝謝。你看我怎麼樣，有沒有不妥的地方？」懷克原地轉一圈。馬許變換各種角度，審視主人的服裝儀容。「完美極了，」他笑逐顏開，「簡直像英國艦隊，無懈可擊。」

「是嗎？聽你這麼說，我就放心了。哎，好久沒有這種緊張刺激的感覺。」懷克輕輕轉動胳臂，鬆鬆筋骨，並扯著嗓子進行發聲練習。他最近的煩惱之一，便是說到緊要關頭就卡痰。最後，他往玻璃杯裡倒水，喝一口。「那麼，我們走吧。」

一進起居室，所有目光都集中在懷克身上。相隔數十年，再度受到矚目，真教人通體舒暢。彷彿要品味這股感動，他緩緩踱步，走過每一個人面前，最後停在中央。

「那麼……」懷克開口，自認發聲極爲順利。歌劇也一樣，第一聲最重要。

「那麼，我想在此揭開命案的眞相。這次的命案，是窮盡人類智力的謀殺，若非我——偵探懷克，恰巧參與其中，恐怕凶手便會稱心如意。」

情況挺不錯，也沒要卡痰的跡象。然而，他正要說「首先是密室之謎」時，不知怎麼回事，聲音突然出不來。不是啞嗓，像是忘記如何發聲。在發不出聲的情況下，懷克全身虛脫，當場雙膝落地。

「您怎麼了？」坐在近處的詹姆斯．萊爾跑過來，探向懷克的脈搏。「不妙，是心臟病發作，快把他搬到那邊的桌上。」

在他的指示下，桌面立即清空，好讓懷克平躺。懷克試著移動，手腳卻不聽使喚。嘴巴也動不了，勉強能動的只有眼珠。耳朵沒問題，聽得見。話說回來，怎麼會在生涯最後的光榮舞台上，發生如此不堪的醜態？懷克恨得想咬牙。當然，他連咬牙也辦不到。

「暫時休息一下，應該就不要緊。」萊爾對眾人說。馬許一臉擔心地來到懷克身邊，爲他解開胸前的衣釦。

「這下怎麼辦？解謎的偵探病倒，我們也束手無策。」菲絲．奧德利問。於是，她的丈夫莫廷．奧德利緩緩站起。「沒辦法，由我來解謎吧。」

一聽這話，懷克眨了眨眼。話不能隨便亂說啊！外行人怎麼可能破解這個命案？但沒人理會懷克的擔心。「好呀，你來試試。」瑞德．哈林看好戲般附和。他的妻子薇薇安，和兒子肯尼斯也拍手贊成。

「那麼，應觀眾要求，我代替偵探上陣。那麼，從密室之謎開始。」

太亂來了，懷克心想。難道你解開三重密室之謎了嗎！

然而，不顧偵探的驚訝，莫廷．奧德利解說起密室機關，而且幾近完美，與懷克的推理相去不遠。懷克暗忖，難道這個男人知道「魔王館謀殺案」？

接著，莫廷．奧德利介紹每個人的背景簡歷，並整理案發當時每個人的行動。這也是懷克一貫採取的步驟，簡直像爲懷克代言，他說得頭頭是道。

「這麼一來，凶手就呼之欲出。」莫廷．奧德利在眾人面前繞一圈，停下腳步，緩緩指向一個人物。「凶手就是你，瑞德．哈林。」

你胡扯什麼！懷克只想大叫。依前述的推理，凶手除了詹姆斯．萊爾，別無他人。

「胡說八道，我幹嘛殺亞弗瑞？」哈林怒吼。

然而，莫廷自信滿滿地繼續道：

「你的事業不振，需要他的遺產，才想到謀財害命。你說案發時在房間裡，那是騙人的。其實，你趁著下雪，去別館殺害洛克威爾。最好的證據，就是掉落在後門旁的一條線。」

線？懷克不禁懷疑自己的耳朵。他根本不曉得掉了這麼一樣東西。但莫廷不顧他的驚訝，繼續推理。哈林有機會犯案，掉落的線就是從他的衣服上脫落的。

「你不要亂開玩笑。」哈林氣得鬍子亂抖。「我有不在場證明。證明我在房間裡的，不就是你嗎？」

「的確，」莫廷得意地笑，「但仔細想想，是我弄錯。我看到你在房間裡，是在案發之前。」

弄錯？懷克真想大叫。他就是相信莫廷的說詞，才把哈林從嫌犯名單上剔除。

「無聊，憑這種程度的推理，就以偵探自居？」哈林的妻子薇薇安起身。她一叉腰，恨恨地瞪莫廷一眼。

「不然妳拿得出別的說法嗎？」莫廷不甘示弱地瞪回去。

「當然。這次一案發，我就知道凶手是誰。凶手就是……」薇薇安在瑪格麗特．普朗特面前站定，「凶手就是妳。」

「別鬧了！」瑪格麗特尖聲反駁。「我有不在場證明，也不可能設下密室的詭計。」

「當然啦，憑妳那點腦容量，肯定想不出那種詭計。但本大小姐，知道妳有一項祕密專長。」

聽到薇薇安的話，瑪格麗特頓時面無血色。

「什麼專長？」哈林問。

「就是催眠術。」薇薇安得意洋洋地宣布。

「催眠術？」眾人異口同聲，懷克也在內心跟著大喊。但薇薇安並不是信口開河，證據就是瑪格麗特辯稱「我從來不曾亂用」，然後咬住嘴唇。

「說話老實點，行不行？妳和洛克威爾常玩催眠遊戲，以為我不知道嗎？妳一定是假裝玩遊戲，對洛克威爾施行眞正的催眠術，令他關在別館裡，拿手槍結束自己的性命。」

「原來如此，還有這一手。」莫廷對薇薇安的推理表示佩服。薇薇安驕傲得鼻孔噴氣，睥睨以羅克威爾家女主人自居的女人。

怎麼可以發生這種事？懷克很想抗議。在這種本格命案中，不該出現催眠術這種伎倆。不可以出現這種教人掃興的眞相，這是身為偵探的懷克的守則。

他只希望有人挺身反駁，快說眞凶是詹姆斯．萊爾啊。

彷彿聽見他內心的呼喚，瑪格麗特氣得變成三角眼，離開沙發。

「這種胡言亂語，虧妳說得出。被講得這麼不堪，我不能再保持沉默。否則，我要如何面對貝克街的奶奶。」

「意思是，妳也要進行推理？」哈林問。

「我的推理至少會比你太太的像樣。你們為什麼口口聲聲『密室』，吵個不停？這次的命案，根本與密室無關。」瑪格麗特大步走向坐在房間一角的菲絲．奧德利。「菲絲，妳應該最清楚這一點。」

「喂，妳別亂講。」菲絲的丈夫莫廷插嘴。「我太太一直待在圖書室。大家都知道，不是嗎？」

「問題就在那間圖書室啊。」瑪格麗特回答。「菲絲說，她待在圖書室的最深處。那裡有一座放《巴爾札克全集》的書架。可是，那不是普通的書架。從下方數來第二層，有個小小的木頭節眼，一按下去，書架就會像門一樣打開，出現通往地下的樓梯。樓梯不是連接戶外，而是別館。那是一條祕密通道。」

祕密通道？懷克的心臟劇烈跳動。出現祕密通道，根本一點也不公平！

「不會吧，真的嗎？」哈林出聲，「我完全不知道。」

「知道的人沒幾個。亞弗瑞、菲絲，還有我。以前我看過菲絲從書架後方走出來。」

「菲絲，她說的……」莫廷話不成聲，於是菲絲放棄般點頭。「是真的。」

「噢，菲絲……」

「可是，」她筆直回視瑪格麗特，「凶手不是我。那天我沒走祕密通道。」

「我不相信。」

「我這就讓妳相信。」菲絲徐徐轉頭，朝就座的薇薇安發話：「凶手是妳。說什麼別館沒有備鑰是騙人的，我知道妳手上有一把。」

咦！眾人又同聲驚呼。

但被菲絲當成凶手的薇薇安毫不讓步，和剛才一樣主張瑪格麗特才是凶手。瑪格麗特則堅稱菲絲是凶手，再加上莫廷認為哈林是凶手。這麼一來，哈林也不甘示弱，提出幫傭的瑪莉才是凶手的謬論。瑪莉大為憤慨，力陳哈林夫婦十歲的兒子肯尼斯很可疑。

名偵探懷克陷入混亂，完全搞不清什麼是什麼了。各個說法應該都是破綻百出，麻煩的是各有道理。然而，不知為何，竟沒人指出詹姆斯・萊爾是凶手。

懷克覺得心臟跳得很快，呼吸困難。

「父子皆受到懷疑，還有天理嗎？」連兒子都被當成凶手，哈林的鬍子震動得更厲害。「既然如此，那我們不能保持沉默。肯尼斯，你說話啊。」

遭父親點名，肯尼斯環視眾人，怯怯開口：「凶手是萊爾叔叔……」

噢，懷克閉上眼。終於有人提到這個名字。沒想到，正確推理的竟是一個十歲小孩。

然而，下一秒，他立刻崩潰。聽到肯尼斯的話，所有人都笑出來。

「哈哈哈，再怎麼扯，也扯不到那裡去啦，肯尼斯。」哈林開口。

「就是啊，未免太離譜。」薇薇安附和。

「這次命案最可笑的，就是認爲凶手是萊爾。」莫廷跟著出聲。

「那樣簡直就像……」瑪莉高八度尖聲丟出一句，眾人便合唱般齊聲接下去：「『魔王館』的翻版嘛。」

什麼？魔王館？

那一瞬間，懷克眼前一黑，意識彷彿被吸到遠方。

醒來時，懷克躺在家裡的床上。透進窗戶的陽光好刺眼，他皺著眉，抬起上身。

到底怎麼回事？他按住頭，一時之間什麼也想不起。坐一會後，總算想起「天使館」的謀殺案。在洛克威爾家的起居室裡，每個人任意說起自己的推理後，他就失去意識。

後來呢？

他按住眼頭時，寢室的門打開，馬許走進來。看到主人起身，馬許一時顯得很驚訝。

不久，他討喜的臉上便露出笑容。

「您醒了嗎？啊啊，太好了。醫生說，您只是發生一點小狀況。」

「馬許，命案後續如何？」懷克急吼吼地問。「凶手是誰？」

年老的助手微微偏頭，疑惑地問：「命案？您是指……？」

「『天使館』謀殺案啊。是誰殺害洛克威爾先生？」

即使如此，馬許仍一頭霧水，對懷克說：「洛克威爾先生活得好好的。」

「他活著？」懷克叫道。「怎麼可能！他不是在『天使館』的別館裡，死於三重密室中嗎？」

馬許悲傷地望著主人，眼中流露哀憐之色。「懷克先生，您再休息一下吧……」

「休息？沒必要，我好得很。」懷克看著助手，漸漸感到不安。於是，他問：「我是什麼時候、在哪裡昏倒的？」

「在前往洛克威爾宅邸的路上。」馬許回答。「車子遇雪打滑，撞到樹。當時您昏倒，所以我們並未前往洛克威爾宅邸，當場折返。後來，您就一直沉睡。」

「折返？」怎麼可能？懷克暗想。那全是夢嗎？「那麼，洛克威爾先生還擔心有人要謀財害命嗎？」

「不，沒問題。現在已釐清狀況，全是洛克威爾先生想太多。」

「想太多？」

「是的。他說安眠藥裡摻了毒，其實不是毒，是維他命，好像是醫院弄錯。然後，馬鞍藏有玻璃碎片，也查出是附近孩童幹的。洛克威爾對這幾件事都非常生氣。」

「什麼……」懷克抱著頭。那些果真是夢嗎？的確，如果不是夢，很多地方會難以解釋……

擺在床邊的一本書，吸引懷克的目光。他拿起一看，封面印著《安東尼．懷克手記第五卷　魔王館謀殺案全紀錄》。他迅速翻了翻，打開最後解謎的那一幕。「凶手就是妳，羅徹斯特女士。」

他思索著「天使館謀殺案」。那起案件，從頭到尾都和「魔王館」的發展一模一樣。所以，依照同樣的方式推理即可。然而，按理說，凶手應該是詹姆斯．萊爾……

「馬許。」他將書攤開，望著遠方喃喃地說：「凶手真的是羅徹斯特女士嗎？」

3

又過十年，高齡九十、曾經的名偵探安東尼．懷克，躺在醫院的病床上。他心臟病發作被送進醫院，但醫生已束手無策。

在模糊的意識中，懷克思索著「魔王館謀殺案」。他的推理到底是不是正確的？那個密室真的沒有祕道嗎？當時每個人的話，沒有搞錯的地方嗎？那些人裡，有沒有誰會催眠術？

他從毛毯裡伸出右手空抓。「怎麼了嗎？」馬許問。

「答案，」懷克開口，「告訴我答案。」

這是他的最後一句話。

名偵探安東尼・懷克長眠於此。

懷克躺進郊外的墓地。他無親無故，單身一輩子，由馬許和希金斯警探等交情深厚的人，送他最後一程。

待牧師祈禱完，離開墓地後，馬許注意到一位婦人。儘管她穿著喪服，而且十年不見，馬許仍立即認出她是誰。兩人慢慢走近。

「好久不見，馬許先生。」婦人出聲。

「是啊，眞的好久不見。瑪莉・霍克小姐……不，應該叫艾蜜莉・葛萊姆小姐才對。」馬許說。

這位婦人，正是在「魔王館」遇害的葛萊姆爵士的女兒。

兩人走到懷克的墓前，低頭看著墓碑。

「直到最後，懷克先生都沒察覺嗎？」

「是啊，應該沒有。」馬許回答。「十年，我竟能裝傻十年。」

「請容我代表葛萊姆家謝謝您。」葛萊姆女士欠身行禮。「幸虧懷克先生的手記沒問世，我們才能過著常人的生活。現今知道『魔王館』的人應該不多。」

「一切如您所料。自從懷克先生夢見『天使館』謀殺案——其實那是一齣戲而不是一場夢，從此便對推理失去自信。所以，沒勇氣出版手記，怕自己弄錯。」

「可是，萬萬沒想到會那麼順利。我很幸運，因爲丈夫是醫學博士，能夠取得令人全身麻痺的藥，和呈假死狀態的藥。」

「懷克先生昏倒的時機實在絕妙。」

「是啊。可是，若沒有馬許先生的協助，我們是無法成功的。」

「那是因爲我認同您的意見。」馬許的臉皺成一團。「對偵探而言，命案確實是一大獵物，會想向人炫耀。要繼續從事偵探這一行，命案也能打響招牌。可是，對當事人而言，只是一場希望能盡快忘記的惡夢，也希望世人早日遺忘。況且，案情觸及隱私。畢竟在解謎的過程中，會提到相關人士不願回首的過去。」

「正因如此，得知懷克先生出版手記時，我很焦急，一心想著必須設法阻止，才會懇求馬許先生幫忙。要欺騙服侍多年的主人，您一定不好受。」

「哎，多少會難過。」馬許應道。「不過，我認爲已完成最後一件工作。退休後，懷克先生反覆提及，希望死前能夠再解一次謎。所以，這十年他一定不無聊，還把謎題帶去天國。」

然後，他抬頭望著天空，掌心放在耳朵後。

「喏，這樣似乎就能聽見他在大叫。」

——馬許，快來幫我做筆記。

女人與老虎

對眞之介而言，這將是揭曉命運的一天。他在牢房裡等候，鏘鎯鏘鎯的鑰匙撞擊聲中，獄卒出現。

「喲，終於來到今天。」獄卒的話聲十分快活。

「你似乎很開心。」眞之介應道。

「當然。像這種日子，我會慶幸自己當上獄卒。」接著，獄卒解開牢房的鎖，將門打開。

眞之介抬起沉重的身軀，不情不願地走出牢房。

「別沉著一張臉，打起精神！大家都在等你。」

「大家？」

「是啊。大競技場上擠滿觀眾，大家都渴望刺激。」獄卒雙眼發亮。「不過，你眞是膽大包天。誰不好惹，偏偏去招惹大人的小妾，實在太亂來。」

「我不知道啊。」眞之介以哭聲辯解。「要是知道，就算有天大的膽子我也不敢碰她。可是，她自稱單身……」

獄卒哈哈大笑。

「當然是單身啊。她是小妾，又不是正妻。這一手，不知讓多少人上勾。」

「咦，很多人嗎？」

「是啊。那個叫阿獵的女人得小心提防。一看到稍微平頭正臉的男人，她就會去色誘撩撥，弄入手中。最後事跡敗露，男的會遭大人處刑。這一帶無人不知。」
「我是最近剛從外地來的。」
「我想也是，眞令人同情。」獄卒嘴上這麼說，卻顯得興致勃勃。
「女人、老虎，或者……」今天要處的是這個刑。光是聽名稱會丈二金剛摸不著頭腦，但刑務官告知內容時，眞之介大爲震驚，從此夜不成眠。
「以前這刑罰叫『女人或老虎』。」刑務官端起架子，「在罪人面前有兩道門，罪人必須打開其中一道。一邊是絕世美女，另一邊則關著吃人的老虎。要是出來的是女人，罪人必須和那女人結婚，過一輩子。若出來的是老虎……不必我多費唇舌吧。換句話說，是拿命來賭二分之一的機率。你要面對的，基本上是一樣的試驗。不同的是，有三道門。」
「三道？女人、老虎……另一個是什麼？」
「要等打開才知道。不過，唯一能夠確定的是，你順利獲救的機率，降低爲三分之一。」刑務官露出不懷好意的笑容。
所以，這次多加的一道門，裡面的東西在眞之介看來顯然並非好事。他的心情十分沉重。
跟在獄卒身後，穿過昏暗的走廊時，前方變亮，似乎是通往競技場。命運的時刻就要來臨。眞之介不斷發抖，牙關根本合不起來。
這時，有人從前方走近，是阿獵。她一身花俏的和服，梳得極美的盤髮有幾縷染紅。

「眞之介。」她跑過來，握住眞之介的手。「對不起，爲了我，害你變成這樣。」

「沒辦法，是我不好。」眞之介的話聲有氣無力。很想咒罵她，但誰教自己要上她的當？

「加油，我會爲你祈禱。」她只留下這幾句，便快步離去。

眞之介目送阿獵的背影離開。右手中多出一個紙團，是剛剛她假裝握手時塞給他的。

「那女人，剛才給了你一個東西吧？」獄卒嘴角上揚。

「沒有。」

「你不用裝傻，她每次都會用這一招。放心，我不會告訴任何人。我替你保密，借我看一下。」獄卒慫恿、催促般伸出右手。

眞之介只好把紙團交給獄卒。獄卒看過後，輕聲笑著點頭，奉還眞之介。「你瞧瞧。」

眞之介看著紙條，上面寫的是「選三號門」。

「太好了，她特意來告訴我。她還是愛我的。」眞之介擺出勝利手勢。

「這可難講。」獄卒臉上仍掛著冷笑。「如果那女人眞的愛你，應該不願你和別的女人結婚吧。與其讓你和別人結婚，不如讓老虎吃掉你，難道不是嗎？」

「咦……」眞之介覺得全身血液逆流。「那麼，這是代表老虎的門？」

「我自然不敢斷定。搞不好，她希望救你一命，告訴你的那道門後是女人。」

「之前都是什麼情況呢？依你剛才的話，她這樣傳遞紙條，今天也不是第一次吧？」

「沒錯，難就難在每次都不一樣。有人照她的話去做保住一命，也有人被老虎吃掉。」

「那麼……這張紙條豈不是沒有意義？只是令人徒增煩惱。」

「那女人就是爲了讓你煩惱，才給你這張紙條。而且，這次和以往不同，設有三道門，完全無法預料。」

「怎麼這樣……」

「好啦，沒空和你閒聊，不能讓觀眾等太久。」獄卒以更強的力道往眞之介背上推。

一分鐘後，眞之介佇立在競技場中央。全場座無虛席，他卻覺得自己的心跳聲，比他們的歡呼聲還大。

「好，命運的時刻終於來臨。眞之介究竟會選擇幾號門？各位觀眾，請肅靜。我們現在就安靜下來，看他如何選擇。」

司儀說完這番話，太鼓擊起細碎而連續的鼓聲。眼前並排著三道門，眞之介必須選擇一道。環顧四周，觀眾都注視著他。

大人坐在貴賓席，一手拿著扇子搧臉，身旁圍繞一群年輕女子。除了看似正妻的女人，其他大概都是小妾。阿獄也在其中，神情和剛才傳遞紙條時截然不同，滿面笑容。

眞之介拚命思考。三道門，哪一道是女人，哪一道是老虎，哪一道又是未知之謎？

他做出決定，不如說，他憑著逃避苦惱的本能，朝前方跑。他的目標，是阿獵指示的三號門。既然被騙，就被騙到底吧。他屏住呼吸，一鼓作氣打開門。

門後出現一個女人。看到她，眞之介當場癱軟。觀眾的呼喊聲撼動整座競技場，其中摻雜不少失望。

女人走出來，搭著他的肩膀。

「謝謝你選擇我，這輩子就麻煩你了。」

眞之介抬頭看著女人。她身材略胖，臉也是圓的。鼻子紅紅，是感冒的關係嗎？再怎麼看，都很難說是絕世美女。但這個當下，由不得他挑三撿四。這女人確實是幸運之神。

「彼此彼此。」他回答。

當天，眞之介獲得釋放。那個將成爲他妻子的女人，造訪他的住處。她要酒鋪送一桶來慶祝。

「那麼，爲你的平安獲釋乾杯。」

新娘舉起酒杯，眞之介連忙拿起杯子。

一個月後——

眞之介下班回來，一開門碗就飛出來。

「喂，你這丈夫怎麼當的！沒酒了。不是叫你把酒準備好嗎？還杵在那裡發什麼呆！」

正在咆哮的，是他的新娘。那天以來，女人不曾少喝酒，也沒清醒過。當然，她不做任何家事，屋裡亂成一團。眞之介拚命賺的錢，轉眼就變成買酒錢。然而，無論再怎麼糟糕，他都無法和女人分手。這就是那次處刑的結果。

「好啊，居然敢拖拖拉拉，還不去買酒回來！你這個垃圾！」

眞之介撿拾著碎碗，憶起決定命運的那一天。然後，他認爲當時打開的不是「女人」也不是「老虎」，而是第三道門。

在第三道門裡的——不用說，就是「母老虎」（*1）。

*1 日文中，「虎」有酒鬼的意思。

好想睡，不想死

頭變得好重，連站著都嫌累，我卻不得不忍耐。雖然很想躺下，但那是不可能的。實在好慘。我必須設法擺脫這個狀況，卻想不出好辦法。傷腦筋啊傷腦筋，現在還剩多少時間？得趕快想出對策。

話說回來，爲何會變成這樣？即使演變爲眼前的局面，我仍搞不懂，爲何我得面對這種狀況。

我本來在和山崎紫約會。最初是和她在海邊的餐廳用餐。那是，呃……什麼時候？是昨天，還是今天？我不知道，總之是星期五。下班後，我坐上她自豪的黃色保時捷，前往那家餐廳。每次紅燈停下，四周的人都對我們行注目禮，眞爽。

那是家義大利餐廳。我第一次去，但紫姊很熟，便選那家餐廳。一家感覺挺不錯的餐廳。我們點了義大利麵、龍蝦，和……呃，還有什麼？想不起來。有吃過沙拉的印象，還有湯。差不多就是這樣吧。

我們邊吃邊聊。首先是談電影。我說《阿瑪迪斯》和《絕代豔姬》很好看。她怎麼說？好像是她不太看電影。她看過《大聯盟2》的錄影帶，覺得不太有趣。然後，聊了歌劇。不過，現在想想，全是我一個人滔滔不絕。她講過什麼？哦，對了，她是這麼講的：「提到歌劇，我只曉得《鐘樓怪人》。」我笑著糾正那不是歌劇，是音樂劇。她回一句：「哦，是嗎？」

總之，能和心儀的女神單獨用餐，簡直像在做夢，我整個人樂得飛上天。自高中時代桌球打進前八強以來，從沒那麼嗨過。

然後，用餐途中，紫姊拿出一樣奇怪的東西。是她的健康檢查報告影本。

「你不覺得，這幾個數據有點問題嗎？」她指著列出好幾個不知是什麼數據的欄位。

「我覺得很普通啊。」面對早我一年進公司的前輩，交談必須有一定的禮貌。

「是嗎？」紫姊似乎頗在意，會不會是哪裡不舒服？「總覺得怪怪的，也許是我想太多。」

「就是啊，應該是杞人憂天吧。」我安慰道。

離開餐廳時是幾點？可能是九點左右。呃，然後我做了什麼？頭好痛，想不起來。

啊！對了，離開餐廳前，紫姊對我說：

「筒井，不好意思，你可不可以搭計程車回去？我臨時想到有事。」

原以爲會再找個地方坐坐，然後她會開保持捷送我回家，我有點意外。可是想一想，她要我自行回去，也在情理之中。畢竟我們不是男女朋友。

「好啊，當然。」我滿面笑容。

那家餐廳有代叫計程車的服務，委託餐廳人員後，我們來到外面。但計程車還沒來，紫姊開口：

「我看，還是再找個地方坐坐吧。」

我當然沒有拒絕的理由，開開心心地說「好啊」。

「我去請他們不要叫車，應該還來得及。」紫姊走回店裡，很快又出現，比出OK的手勢。「這樣就沒問題，我們去停車場吧。」

「好。」我活力十足地回答。

呃，然後呢？

啊啊，我不行了。腦袋漸漸模糊，身體也搖搖晃晃。不行、不行、不行！用力站好，要撐住！嗚，好想吐。

不過，這是哪裡？光線太暗，看不清楚，似乎是哪個倉庫。唔，這個味道我有印象。是什麼味道？不太好聞。

想起來了，是公司的印刷室，氣味來自墨水之類的相關藥物。這裡也能沖洗照片，混雜著顯影劑和定影劑的味道。對，是印刷室，不會錯。

爲何我會在這種地方？我和紫姊離開餐廳後，做了什麼？應該是有事才過來吧。奇怪。

「動作快，趕緊到印刷室。」

紫姊的話聲隱約留在我耳中。爲什麼她叫我到印刷室？爲什麼我會毫無疑問地來這裡？

此刻我才發現，臉頰熱熱痛痛的，彷彿挨誰打過。是挨誰打？紫姊嗎？我對她有什麼非分之舉，才挨打的嗎？怎麼可能，就算她是我的女神，我絕不可能在第一次約會的晚上逾矩。別的不提，我根本沒膽量。要是有，我早就主動約她。今晚的約會，也是她主動來找我。

「筒井，明晚有空嗎？希望你能陪我吃個飯。」前一天午休落單時，她過來邀約。一時之間，我以爲在做夢。當然，我立刻答應。

「可是，不要告訴任何人喔。」她眨一下眼，我連忙保證。共享這麼美好的祕密，眞是三生有幸。

「筒井，明天你會穿什麼顏色的西裝？」她抬眼看著我。

「呃，還不知道。爲何這麼問？」

「兩個人的衣服不搭會不好看。」

「這樣啊。」我愈來愈樂不可支。

「那麼，我穿深灰色西裝。」

「深灰色嗎？瞭解。」她又眨一下眼。

想著西裝，腦海裡又浮現一個疑點。深灰色西裝，最近才看過。不，不是我的西裝，是看到別人穿深灰色西裝。在哪裡看到？那個穿西裝的人，和紫姊在一起。兩人並肩望向這裡，接著轉身離開。

離開？離開哪裡？

這個房間。他們離開這裡。就在不久前。對，西裝男直到剛才都在這裡。那就表示，紫姊也在這裡。

天旋地轉。頭在轉，身體在轉。轉。轉。轉。

撐住，不能倒下！加油！

從餐廳的部分重新回想。走出餐廳，坐上紫姊的車子前座，然後呢？要去哪裡？對，我這樣問。「要去哪裡？」

「稍微兜個風吧。」她發動引擎。

然後，她把車子停在港邊，喝著自動販賣機買的罐裝果汁。在那之前，她說過一句讓我目眩神迷的話。

「我應該喝不完，你要幫我喝一半喔。」

我自知臉上露出傻笑，但就是控制不了。

我慢慢將她喝剩的果汁喝完。再普通不過的蘋果汁，變身爲甘美無比的飲料。

然後——

接下來，我怎麼了呢？什麼都不記得，我處在一團迷霧中。

難不成，我睡著了？

啊啊，沒錯。後來，我就睡著了。怎會這樣？偏偏在約會時睡著，而且是在和紫姊出遊途中。

可是，再怎麼沒神經，我會這麼容易睡著嗎？簡直像服下安眠藥。

安眠藥？

不會吧！腦海一角，還殘留著一句話。那是……對了，是西裝男說的。

「藥效太強不好，不能讓他馬上睡著。」

我想起來。男子說著，甩我好幾巴掌，想把我打醒。

不僅頭昏腦脹，心臟也怦怦亂跳。

那麼，紫姊眞的偷下安眠藥？爲什麼要這樣做？對我下安眠藥能幹麼？

她迷昏我，好把我帶來嗎？應該沒錯。可是，她手無縛雞之力，要將我從車上抬下來，畢竟是不可能的。所以，深灰色西裝的男子是這時候出場嗎？她下達指示，催促「動作快，趕緊到印刷室」嗎？

這是怎麼回事？一開始，她就打算這麼做，才會約我。怎麼會這樣！到底是怎麼回事啊！

紫姊跟我有仇嗎？怎麼可能，我完全不記得做過什麼讓她懷恨的舉動。還是，我不該在工作中，對她毫無意義地微笑？她覺得噁心嗎？可是，只是笑一下，就要付出這種代價？

啊啊，可惡，好悲哀。我完蛋了嗎？虧我這輩子活得如此認眞。我只有這個優點，在會計部才格外受到信賴。好不甘心，下週的監查本來可證明我的工作成果多麼精確無瑕。

呃——

腦海靈光一閃。下週的監查。

咦，難不成跟這個有關？所以，我才會這麼倒楣？監查又沒什麼。只要沒營私舞弊，根本不會有問題。

可是——

如果營私舞弊，問題就大了。嗚，這麼說，紫姊有問題？像是挪用公款之類的？不會吧，怎麼可能？

雖然不願去想，但禍到臨頭，得仔細思索。假設她眞的有問題，她有退路嗎？

坦白講，沒有。只要進行監查，立刻會發現，沒有推脫的餘地。

不過，嫁禍給別人，就能得救。具體而言，就是嫁禍給我。殺了我，再布置成自殺就行。

眞的能布置出完美的自殺嗎？我和紫姊一起吃飯，餐廳的人都看到了。一旦我的屍體被發現，頭號嫌犯就是她。

可是，萬一她這麼說呢？

「我們的確一起吃飯，但吃過飯就各自回家。」

這時，人們會想起計程車的事。爲了製造離開餐廳就分道揚鑣的印象，她才故意請餐廳職員叫計程車？

不過，一調查就知道取消了啊。

不，不對，沒取消。計程車一定是來了，但那時我和紫姊已在她車上。那麼，叫來的計程車一直在餐廳前等待嗎？不，這也不對。有一個男人上車。那男人和我一樣，穿深灰色西裝。八成也和我一樣，戴著黑框眼鏡。

他吩咐計程車司機：「請到××町的○○工業（我們的公司）。」

然後，紫姊迷昏我，同樣前往公司。接著，兩人合力把我搬到這裡，大費周章設下這些機關。

警方一調查，便會認爲我在餐廳前搭上計程車，前往公司。我不相信司機會記得我，頂多記住服裝和眼鏡。

可是，一出餐廳我就趕到公司，豈不是很不自然？這一點，紫姊打算怎麼解釋？

回想在餐廳裡的對話，心頭一凜。我明白她布下什麼陷阱了。

重點在於，那份健康檢查報告的影本。

餐廳的服務生不清楚那張紙的內容。刑警一問，他們想必會回答：

「女方讓男方看了電腦印出的那種紙，說『這裡的數字很奇怪』。男方認爲是普遍的情況，她太多慮。」

聽著這些話，應該沒有任何刑警會想到，我們談的是健康檢查的結果吧。紫姊一定會說，我們談過公司最近的帳目。

紫姊發現我虧空公款，於是我在離開餐廳後，緊急潛入公司，但已無法修改掩飾虧空的部分，絕望之下，選擇自殺——劇本多半是這樣。

啊啊，我好慘。不僅遭心儀的女人出賣，被人殺害，還要揹黑鍋。

我一定要想辦法，掙脫這個困境。

然而，我無計可施。

我的嘴巴被塞入東西，手腳被膠帶固定。這種狀態下，站在一個倒放的水桶上。然後，我脖子上套了繩索，固定在天花板上。

由於安眠藥的緣故，我的腦袋仍昏昏沉沉。好想睡。可是，一睡著就會被吊死。

啊啊，那兩個人一定會趁機製造不在場證明吧。我愈是努力，他們的不在場證明愈牢靠。他們想必是打算，等我死得夠久了，再來拆掉我手腳上的膠帶。

唔，好睏，真想乾脆睡著。嗚嗚，一睡就會死。我不想死啊。

第二十年的約定

1

不過，我不打算生小孩——

求婚後，村上照彥補上一句。亞沙子根本還沒回答。

「不生小孩，這是我人生的大前提。希望妳以這個前提，考慮嫁給我。」他雙手擱在方向盤上，望著前方。那一晚下大雨，連車窗外的景象都看不見。

村上照彥是亞沙子在公司裡的前輩。兩人隸屬於業務部，照彥比亞沙子大七歲。亞沙子進公司已三年多。

他們去年夏天開始交往。兩人都參加網球社，照彥提議一起吃飯，後來兩人便經常單獨見面。

照彥是山梨縣人，來東京上大學，畢業後進入東京的公司。他的父親早逝，母親健在。年長他十歲的哥哥在名古屋上班，母親由哥哥和嫂嫂照顧，照彥是自由的老二。

將來會和這個人結婚吧——交往時，亞沙子隱約有這個念頭。一到二十四歲，女人無法不考慮將來。父母動不動就問，和村上先生有沒有譜？她已向父母介紹過男友。

所以，亞沙子二十五歲的生日即將來臨的這一天，他主動求婚，可說時機絕佳。

然而，不生小孩，這……

亞沙子問起原因。他回答很早就這麼決定，並且保證即使沒孩子，也會建立幸福的家庭。

「妳知道『頂克族』這個詞吧？妳不也希望繼續工作嗎？結婚一定要生小孩、妻子一定要走入家庭，這種觀念太落伍。兩個人都工作，兩個人都賺錢，享受豐富的人生，不是很好嗎？把時間和金錢花在養兒育女上，未免太傻。既然我們出生在如此歡樂的世界，便該盡情享受。」不知是不是早就想好說詞，他答得流暢無比。

亞沙子沒立刻回覆，考慮了三天左右。

照彥奇異的宣言，並未削弱她的好感。她不特別喜歡小孩，也希望能繼續工作。沒有孩子，兩個人要去旅行可說走就走。最重要的是，她認識好幾對沒孩子仍過得幸福美滿的夫妻。

下次見面時，亞沙子告訴照彥，接受他的求婚。聽到她的話，照彥有些緊繃的表情放鬆，笑得眼角露出數條皺紋。我們會很幸福的——他說。

大約八個月後，他們在東京都內一家飯店，舉行豪華的婚禮。亞沙子和照彥一起切比他們高的蛋糕，換了四套禮服，流了一些眼淚，在八十幾位來賓的祝福中，展開新生活。

2

婚後的頭兩、三個月，她沉浸在幸福中。在下一次人事異動前，她與照彥仍屬於同一部門，眞的是二十四小時都在一起。女同事拿這一點調侃，她也引以爲樂。

變化在婚後半年來臨。照彥收到調派至加拿大分公司的人事命令。他接受調派的同時，亞沙子決心辭掉工作。

八月一個炎熱的日子，兩人離開日本。赴任期間爲五年，三年後才可請長假回國。

他們租下多倫多郊外一戶人家，當成新生活的據點。建坪約七十坪，加上庭院面積共兩百多坪。即使如此，四周多的是比他們大好幾倍的房子。

一開始，無論做什麼都很緊張。首先，是語言的問題。上街買生活必需品，連說明窗簾的尺寸也是一大挑戰。打電話投訴房子有問題，對方連他們一半的意思都不懂。

生活習慣、節奏的不同也令人不知所措。無論訂什麼東西，都不會在指定的當天送達。以爲對方忘記卻又不是，而是過好久才送來。至於遲交的理由，實在悠閒得可以，諸如負責人休假啦，節慶店裡休息等等。

「完全不曉得會發生什麼事，眞的有來到另一個世界的感覺。」一天晚上吃晚餐時，亞沙子對照彥說。

「很快就會習慣的，一開始大家都是如此。」

照彥則是在分公司的待遇太好，反倒不知所措。

「眞的會習慣嗎？這五年感覺會在忙亂中度過。」

亞沙子面有難色，內心卻相反。每天都能接收到新的刺激，她樂在其中。

然而，這刺激的生活並未持續多久。家中安頓好，習慣購物後，漸漸就沒新的變化。

話雖如此，亞沙子又沒勇氣踏入完全未知的地方。

照彥上班的時間相對固定。早上八點出門，傍晚六點多回來。送他出門後，打掃房間、洗衣服，吃頓簡單的中餐。收拾妥當，看看電視、翻翻日本寄來的雜誌。沒有半個人會上門。

原來，這就叫家庭主婦啊……

亞沙子呆呆度過黃昏時分，一邊這麼想。這種生活還要持續五年。

她常想念熱鬧的日子，不禁悲從中來。身旁沒有任何認識的人，幾乎每天都要等照彥回家，才有說話的機會。

要是有孩子——

亞沙子不禁浮現這個念頭。兩人約好不談此事，但這種想法一天比一天強烈，她終於在某天晚餐時脫口而出。

那一瞬間，照彥挑一下眉，放下舀湯的湯匙，若有所思。亞沙子十分不安，深怕惹他生氣。

「我們不生小孩。」他一字一句緩緩告訴亞沙子，彷彿也是在告訴自己。「不是約好了嗎？」

「嗯……」

照彥果然生氣了？亞沙子窺探他的表情，但他沒生氣。證據就是，他再次拿起湯匙，笑著說：

「下個假日，我們去溫哥華吧。到處旅行看看，心情就會有所不同。」

照彥這麼提議，亞沙子很高興。這將是他們來加拿大後的第一次旅行。

之後，照彥會在她正好感到寂寞時，帶她去各種地方，彷彿是擔心她產生想要小孩的執念。

然而，這個方法的效果愈來愈差。亞沙子漸漸感到身體不適，失去食欲，經常煩躁不安，還會耳鳴。明明腦袋昏沉沉，晚上卻睡不著。

「這是壓力造成的，我們出去散散心吧。妳想去哪裡？」

亞沙子搖搖頭，不想再出門。就算出去，又什麼都沒變化。

來加拿大滿一週年時，她割腕自殺。照彥發現她倒在廚房裡。

這形同一種發作。之後回想，她不敢相信當時的事是現實。

幸好傷口淺，性命沒有大礙。之所以昏倒，是看到流出的血受驚嚇。

「我請了假。」亞沙子醒來時，照彥坐在她身旁，開口：「公司特別通融准假，為期兩週。我們回日本吧。」

3

睽違一年，女兒和女婿回國，亞沙子家熱鬧萬分。嫁到千葉的姊姊，也帶著姊夫一起回來。
亞沙子發現，好久沒覺得這麼痛快。不光是母親為她準備的飯菜，而是長久以來，她都渴望能和別人說說笑笑。
所以，想到這次休假一結束又得回加拿大，明明才剛返國，她便感到憂鬱。
「對了，她的肚子還沒消息嗎？」
父親酒喝得比往常多，頂著紅通通的臉望向照彥。亞沙子忍不住低下頭。她並未告訴父母，照彥無意生小孩。
唔，再看看——每當出現類似的話題，照彥都會這麼回應。即使對方大談養兒育女的必要，他也只是微笑。
這一晚有些不同，他如此答道：
「是啊，差不多了。」
咦！亞沙子轉頭看他的側臉。
「嗯，孩子要趁早生比較好，你也三十多歲了啊。」
父親滿意地笑，又往照彥杯裡猛倒酒。母親和姊姊、姊夫，談起要生的話頭一胎是女孩比較好、如果在加拿大出生算哪一國人，聊得好不熱絡。
唯獨亞沙子暗自吃驚。以往照彥都極力避開這類話題。還是，許久沒回來，在國內也待不久，就讓父母開心一下？

「怎麼啦，發什麼呆？」

姊姊問起，亞沙子連忙加入話題。

「我明天要去山梨。」

亞沙子滿心懷念地在房裡鋪墊被時，照彥忽然冒出一句。她抱著枕頭望向照彥。

「山梨？」

他的故鄉雖然在山梨，但應該已沒有家人在那裡。

「有點事。」照彥坐在她學生時代用的書桌前，把玩著生鏽的削鉛筆機回答。

「可是，我們不是要去名古屋探望你媽和你哥他們？」

「我知道。在那之前，我得先去山梨。」

「你一個人？」

「嗯。」

「找朋友？」

「啊……算是吧，很久沒見。」

「哦……」

亞沙子沒再追問，但心裡覺得奇怪。他的朋友幾乎都在東京。

「我在那裡住很久，不偶爾去拜訪一下，別人會以為我很無情。」照彥乾咳一聲。

第二天早上九點多，亞沙子醒來，往旁邊一看，照彥的被窩空蕩蕩。她沒換衣服，一身睡衣直接下樓，只見他在樓梯底下打電話。

「我昨天回來的……嗯，坐了十三個小時的飛機……在她娘家，還是日本好。」

看樣子，是打電話給朋友。

對了——他突然壓低音量：

「想跟你談孩子的事……我當然遵守了約定……嗯，今天碰個面，詳情再談……你店裡不會不方便嗎？……四點去就沒問題啊……好，我知道。」

照彥放下聽筒，準備上樓時發現亞沙子，停下腳步。

「早，你在打電話？」

「嗯。」照彥點頭，一副在編籍口的樣子。

「山梨的朋友？」

間隔片刻，他才回答。「是啊。幸一，清水幸一。在當地開咖啡店的朋友。」

亞沙子在賀年卡上看過那個名字。除了是兒時玩伴之外，照彥沒提起任何關於清水幸一的事，亞沙子自然沒見過他。

「你今天要去找清水先生？」

「嗯，我確實打算去找他。」照彥言詞閃爍，從她旁邊穿過，回到房間。

十一點過後，照彥出門。亞沙子送丈夫離開，母親問起這時去山梨有什麼事，她故作明理地解釋，男人總有想單獨回出生的故鄉的時候。
然而，當她獨自待在房間，仍忍不住擔心。照彥爲何突然決定一個人回故鄉？
他在電話裡說，想談孩子的事。孩子的事，這是什麼意思？
還有，昨晚的插曲。
她不敢問照彥對父親說的是不是眞話。除了怕他以一句「當然是假的啊」輕易否認，主要是昨晚他身上散發一種讓人難以開口的氣氛。
這和他今天去山梨有關嗎？
猶豫半個多鐘頭，亞沙子從行李中取出通訊錄，找出清水幸一的名字，把住址和電話抄在便條紙上。
「哎呀，妳也要出門？」
看到亞沙子下樓，母親問。因爲她換上外出服。
「我去找朋友。她準備要結婚，很多細節想問我。」亞沙子回答。
「是嗎？萬一會比較晚，到車站就先打電話回來，我派爸爸去接妳。」
母親叮囑到一半，亞沙子已奔出家門。一看表，快中午了。
照彥四點要去赴約——
現在出發可能還來得及，亞沙子快步走向車站。

4

昭彥的故鄉，在從甲府換乘電車約三十分鐘的地方。結婚前，他帶亞沙子來過一次，是個純樸的小鎮，安靜得會讓人忍不住側耳傾聽風聲。

照彥與清水幸一，小學、國中都同校。因爲同年，家又住得近，常玩在一起。

照彥說「四點在店裡見」，應該是約在清水開的咖啡店吧。

儘管只來過一次，亞沙子幾乎沒迷路，就來到照彥的老家所在地。現在那裡蓋起一棟四層公寓。

「與其讓別人搬進去住，不如拆得乾乾淨淨，才不會有牽掛。反正我們也不會再回來。」

之前帶她來時，照彥仰望著公寓這麼說。

可是，你不就回來了嗎？她在心中低喃。明明連出生長大的家都不在了，到底能有什麼事？

亞沙子慢慢走著，邊找尋清水幸一的店，肯定在附近。店名很可愛，叫「neko」。

轉過彎，旁邊一家店的玻璃門打開，有人走出來。亞沙子花一、兩秒才認出那是照彥，趕緊躲起來，幸好他並未發現。

跟在照彥身後，出現另一個和他同年代的男人，穿著黑色運動夾克。那道玻璃門上有貓咪的插圖。運動夾克男應該是清水幸一，這裡就是他的店吧。
兩個男人走上亞沙子來的那條路，往反方向前進。她拉開一點距離，跟在後頭。兩人說些什麼，她當然聽不見。
要是他們去開車就麻煩了，但他們似乎沒這個意思，朝著山繼續走。
不久，他們在一座小小的靈園前停下腳步。
掃墓？亞沙子心中納悶。
兩人走進去，亞沙子晚幾步跟上。這時，她才發現照彥拿著花。
他們取桶子汲水，往後面走去，在一個墓前站定。
亞沙子躲在比她高大的墓碑後，望著他們。
照彥供花，清水插上線香。澆水後，兩人並肩，合十膜拜。
那是誰的墓？亞沙子看著他們思索。村上家的墓，照彥的哥哥在名古屋買房時，應該已遷過去。
那麼，是清水家的墓嗎？可是，爲什麼照彥會來掃清水家的墓？
兩人在墓前交談幾分鐘，還是聽不見。不過，從亞沙子的位置，可清楚看到照彥的臉。他雙眉深鎖，頻頻摩挲下巴。那是他有心事時，會出現的習慣動作之一。
他們離開墓前，亞沙子換地方躲，打算繼續跟蹤一陣。
照彥他們歸還水桶，步出靈園。亞沙子確定他們離開，才跟著離開。

突然間，眼前出現一個素不相識的女人。對方身材高大，長相福泰。一開始，亞沙子以爲是與自己無關的人，但看到她的眼睛，不禁停下腳步。因爲她直盯著亞沙子。

「村上太太……對嗎？」女人開口：「妳是村上先生的太太……沒錯吧？」

「妳是……？」

亞沙子一問，她燦然一笑。

「我是清水的妻子，叫久美子。」

「哦……」亞沙子點點頭，「妳怎麼會在這裡？」

「原因應該和妳一樣。」

「和我一樣？」

亞沙子感到奇怪，目光飄朝靈園的出口。再拖下去，會跟丟的。

「如果是要找他們，不必再跟蹤。」久美子說。「他們會去喝一杯，跟到酒館也沒用吧。」

亞沙子打量著對方。

「我實在不明白是怎麼回事。」

久美子點點頭。

「我也一樣。不過，我知道的應該比妳多一點。要不要去我們店裡坐坐？有點事想跟妳談。反正，他們不到天黑不會回來。」

當然好——亞沙子回答。

「neko」咖啡是一家非常簡約的店，省去一切無謂的裝飾。有吧檯，三張桌子。亞沙子她們踏進店內時，只有最靠外的桌子旁坐著四位客人。吧檯裡，一個二十幾歲的男生在煮咖啡，久美子說是她外甥。她向外甥介紹亞沙子是學生時代的學妹。

她們在最靠裡的桌位坐下，進入正題前，久美子請亞沙子喝熱可可。在墓地受涼的身體，彷彿從骨子裡暖和起來。

「妳怎麼認得我？」

亞沙子以手掌包覆著杯子，問道。

「因爲收到你們的結婚通知。上面不是附有照片嗎？別看我這樣，我很擅長認人。而且，會跟蹤那兩個人的，除了我之外，只有村上先生的太太。」

「除了妳？那麼，久美子小姐也是……？」

久美子拿起盛熱可可的杯子，點點頭。

「看來，亞沙子小姐同樣覺得妳先生的行動很奇怪吧。」

「久美子小姐也這麼認爲嗎？」

「是啊。」久美子放下杯子，神情變得有些嚴肅。「那是西野家的墓。」

「西野家……」

這是個陌生的姓氏。

久美子從吧檯拿出便條紙和原子筆，寫下「西野晴美」。

「他們應該是去替這個小女孩掃墓。妳先生提過……看樣子是沒有。」

亞沙子搖頭。「我從沒聽過這名字，是個小女孩？」

「說是小女孩，如果還活著，年紀應該比妳大。晴美妹妹死於二十年前，當時八歲。」

那麼，就是照彥十三歲的時候。

「這位晴美小姐，和我先生是什麼關係？」

亞沙子問，久美子搖搖頭。

「好像是住在附近，應該是從小認識吧。除此之外，有什麼關係我就不知道了。」

「是嗎……那個小女孩爲什麼會死呢？」

聽到亞沙子的話，久美子的臉頓時蒙上陰影。她調整呼吸般胸口大大起伏，接著壓低音量，回答：

「西野晴美小妹妹是遭到殺害，在這一帶是轟動的大案子，至今仍有人記得。她在剛才那墓地後面的山路，遇到隨機殺人。」

5

凶手是個三十五歲的男人。自稱是畫家，實際上是從事繪製電影院看板的工作，同行認爲他是技術頗佳的畫師。

相關人士對他的評語是沉默寡言又不善交際，工作很認真。雖然單身，但看起來也不像對女性特別感興趣。

男人在偵訊中供稱，一切只因在下雨。那天悶熱又下雨，他心情煩躁，便到墓地那邊走走。

爲什麼是墓地？一開始他也說不清。經過調查，才曉得是爲了與年輕女子攀談。據他表示，以前因故到墓地時，曾有來掃墓的年輕女子和他搭話。「傍晚的墓地好嚇人。」那名女子是這麼說的，他順勢回答，聊了幾分鐘。

到墓地去，或許又能見到年輕女子——這實在不像年過三十的男人會有的想法，但他仍爲此前往墓地。當然，是在傍晚時分。

那天確實下了雨。上午還是晴天，下午雲層變厚，太陽西斜時便下起大雨。

男人打著一把黑傘，獨自去墓地。

然而，墓地沒有他想找的年輕女子。別提年輕女子，根本沒人來掃墓。

假如男人乾脆放棄回家就沒事，但他並未這麼做，一直在四周徘徊，想看看能不能遇到可排遣煩躁的對象。

繞到墓地後面的山路時，他發現撐著紅傘的西野晴美。

一張小臉像是會動會笑的法國娃娃——這是當時某報對晴美的形容。實際看過報上刊登的照片，許多人都哀嘆：「一個像洋娃娃般可愛的孩子，怎會遇上那種慘事？」

男子向警方聲稱，他並無戀童的癖好。只是晴美太可愛，想跟她說話。不料，一看到他，晴美便露出明顯厭惡的表情，丟出侮辱的話。他一時氣昏頭，才痛下殺手——

刑警沒盲目採信他的供述。西野晴美的屍體，是案發翌日在墓地的後山樹林裡找到的，當時她全身一絲不掛。裙子、上衣、內褲、鞋子等衣物，都被藏在距離屍體十公尺左右的樹蔭下。而且，裙子與內褲上附著極少量的精液。但屍體上只有遭到扼殺的傷痕，並無受到強暴的跡象。

爲了強暴，將西野晴美帶進樹林中，受到抵抗便掐死她。之後，在幫她脫衣時性欲高漲，當場自慰——看來，這才是眞相。

之所以能夠快速破案，要歸功於警方積極的偵辦。考慮到案情凶殘，山梨縣警投入相當多的人力進行查訪，立即從目擊情報過濾出嫌犯。因與現場殘留的精液和血型一致，及時逮捕嫌犯。第三天晚上，凶手就完全認罪。

上述是久美子告訴亞沙子的內容。

久美子也是這個鎮上的人，即使對案情十分清楚也不足爲奇，但案發當時她應該還是小學生。這麼一想，就覺得她未免瞭解得太詳細。

「當然，詳情是最近我去圖書館查的。不是有報紙的微縮捲片嗎？就是從那些資料得知。」久美子淡淡笑著回答。

「最近？怎麼說？」

「就是跟他結婚後，所以也不算最近吧，都三年前的事了。他會偷偷去掃墓，我好奇到底是誰的墓才去查的。而且他呀，有不少連我都不太清楚的行動，我想弄明白。」

「不太清楚的行動？」

「很多。然後，我發現與村上先生有關。所以，今天他們出門時，我才會偷偷跟在後面。不過，看來這麼想的不止我一個。」久美子淘氣地瞅著亞沙子。

「我這樣問，可能有點奇怪……」亞沙子問清水是不是宣稱不生孩子，久美子大大點頭。

「對對對，就是這樣。這是結婚的條件。因此，我們現在沒有小孩。話雖如此，我目前倒是沒什麼不滿。畢竟我心裡還想玩。」

「關於這一點……還有別的嗎？」亞沙子問。

或許是在斟酌用詞，久美子的神情變得十分慎重。

「說穿了，就是討厭小孩。一看到年紀小的孩童，他會非常不耐煩，心情變差，有時會亂發脾氣。我姊姊要是帶小孩來，他臉都好臭，讓我很爲難。」

「哦……」

照彥倒是不會這樣，亞沙子心想。不過，可能是身邊沒有那樣的孩童的緣故。

「還有，不曉得村上先生有沒有這種情況。我先生常在半夜被夢魘住。」

「被夢魘住……不會啊。」

久美子伸手托腮，低聲喃喃：「我先生有時會。不過，好像不是最近才這樣。我問過婆婆，從以前就是如此。不過，他有點神經質，也可能是這方面的緣故。」

「妳覺得可能和二十年前的案子有關？」

「我是這麼猜測啦。」

「妳沒問過妳先生吧？」

「沒有，我不敢問。」久美子露出有些疲憊的笑容，嘆一口氣。「而且，我也想等他主動告訴我。」

亞沙子有同感。面對照彥神祕的舉動，她感到若有所失是事實。

「那個不幸去世的女孩，西野晴美，她家還在附近嗎？」

「不在了。其實我去年找過，她的家人早就搬到鄰鎮，似乎是想起那件事就難過。」

等一下——久美子走進店的後方，五分鐘後回來，拿著黑色記事本。

「當時我本來想寫信，查過他們的住址。不曉得他們是不是仍住在這裡？」

亞沙子借用紙筆，抄下住址。抄是抄了，但並無特別的目的。

「我不知道當中有什麼祕密，可是，希望他能告訴我。這樣才是夫婦啊。」久美子吐出一口氣。

6

當天晚上，亞沙子決定在甲府的飯店過夜。她打電話回家，說和朋友聊得太晚，要住朋友家。

她躺在飯店的床上，回想白天的事。二十年前的命案，到底和照彥他們有什麼關係？會不會是那小女孩的死太令人震驚，導致他不想要小孩？果眞如此，爲何不明講？只要肯告訴她原因，至少還有討論的餘地。

亞沙子拿出在飯店附近買的詳細道路地圖，找出久美子告訴她的住址。若是租車，從這裡過去應該不到一個小時。

二十年前發生什麼事？她想起丈夫在墓地時痛苦的神情，喃喃自語。

第二天早上，亞沙子的決心沒變。在飯店吃過早餐，便去附近的租車公司。她要求車子盡可能愈小愈好，於是租下一輛一〇〇〇CC的小車。她在加拿大也開車，但那裡是左駕靠右通行，和日本相反。很久沒在日本開車，突然開大車會害怕。

行駛一小段路就靠邊停，確認地圖再繼續開。來來回回好幾次，她漸漸習慣靠左行駛。

途中不止一次迷路，但抵達目的地的過程還算順利。找到能夠停車的空地後，她停好車，換成步行。

亞沙子到派出所一問，很快得知西野家的位置。他們沒搬家。

不過，警察的反應有點奇怪。

「您要去西野家嗎？」胖胖的中年警察，上上下下仔細打量過亞沙子後問道。

「是啊，怎麼了？」

「不，沒什麼……您是西野家的親戚嗎？」

「不是。」

警察「哦」一聲，再次打量她全身。

感覺眞差——她暗暗想著，離開派出所。

按照警察告訴她的路走，很快找到西野家。幾幢古老木造房屋面田而建，西野家是其中一戶。越過樹籬，可望見庭院。

亞沙子穿過庭院，在門前喊著：「有人在家嗎？」沒人回應，她又喊一次，忽然察覺背後有人。一回頭，是帶著孩子的婦女一臉狐疑地經過。那名婦女像怕扯上關係，牽著孩子的手快步離開。

亞沙子再喊一次。依舊沒回應。她不禁後悔，應該連電話號碼都查清楚。

正要放棄離開，左側傳出聲響。那邊有院子，也有緣廊。亞沙子稍稍探頭窺望。

以爲沒人，其實並非如此。裡面的拉門開一條縫，有人探出臉。亞沙子嚇一跳。

仔細一看，是個老婆婆。亞沙子猜測她年過七十。如果是西野晴美的母親，未免太蒼老。

「請問是西野太太嗎？」亞沙子走上前幾步。

拉門開得更大，老婆婆穿著睡衣走出來。她個子很矮，瘦得像枯枝一樣。會不會是身體不好？從這裡可看見拉門後鋪著被墊。

「請問……您是西野太太嗎？」

亞沙子又問一次。老婆婆沒回答，默默注視著亞沙子，走到緣廊，嘴巴動了動，似乎想說什麼。

「咦，您說什麼？」

她一問，老婆婆便赤腳走下院子，蹣跚靠近亞沙子，緊緊握住她的手。亞沙子驚訝地望著老婆婆，只見她眼眶含淚。

然後，老婆婆頻頻動著嘴巴。一開始，亞沙子沒聽出來，但漸漸聽懂。老婆婆說的是「妳回來了、妳回來了」。

亞沙子心想，老婆婆果然是西野晴美的母親。不知為何，她將亞沙子誤以為是自己的女兒。

「西野太太，不是的。我不是您的女兒。」

亞沙子解釋，但老婆婆聽而不聞，抓著她的手，要帶她進屋。淚珠不斷從老婆婆眼中滾落。

亞沙子想拉開老婆婆的手，老婆婆卻抱住她的身體，哭叫著：「晴美、晴美！」

亞沙子十分爲難，卻不能用力推開她。

這時，一個男人走進院子。看上去六十出頭，體格結實。他輕拍老婆婆的肩。「替晴美上香的時間到嘍，可不能忘記啊！」那聲音彷彿直透人心。

他一這麼說，本來還在哭的老婆婆立刻靜下來，放開亞沙子，望向男子，反覆說著：「上香，上香。要去上香才行。」

「是啊。快去快去，晴美等著。」

聽到男子的話，老婆婆像機關人偶般向右轉，赤腳穿過院子，爬上緣廊，消失在拉門後方。

目送她離開後，男子轉向亞沙子：

「妳嚇一跳吧。抱歉，我恰巧出去買東西。」

男子有著一張圓臉，長相溫厚，嘴巴圍著一圈鬍碴。

亞沙子喘口氣，應道：

「不，是我不對，沒先打電話就上門拜訪。」

「不好意思，請問妳是……？」

亞沙子略略端正姿勢。

「我叫村上亞沙子，是村上照彥的妻子。您認識外子嗎？」

男子的表情出現明顯的變化，張大眼睛和嘴巴，彷彿要大喊出聲。但他沒大喊，而是深深點頭。

「是照彥的太太啊。我當然認識照彥，他人呢？」

「他沒和我同行，也不知道我過來。」

男子似乎感到困惑，但很快便領會般點點頭。

「先進去吧，我們要談的事挺複雜。」他指指門口。

7

男子自稱西野行雄，老婆婆是西野澄子。她是行雄的妻子，晴美的母親。

「看起來很老吧，其實她才六十出頭。更年期一過，她突然變得不太對勁。人類的身體眞是奇妙。」西野邊泡茶，邊以學者般冷靜的語氣說。

「好像至今仍忘不了令千金。」

聽到亞沙子的話，行雄難過地皺起眉。

「二十年了啊。命案的事，妳是聽照彥說的？」

「不是的，是我來到這裡後，向別人請教的。」

「是嗎……」他點點頭。「我們夫婦多年膝下無子，好不容易懷孕。那時澄子三十五歲。我們原本已放棄，所以特別感謝上天。尤其是澄子，對孩子寵溺無比。她常說，若是爲了這孩子，死不足惜。」

不料，晴美卻慘遭殺害。不用問也知道，她受到多大的打擊。

「案發兩、三年後，澄子仍無法相信女兒已死。不，腦袋裡當然很清楚，應該是說，心理上無法接受吧。每年一到女兒生日，就買女孩的衣服回來。而且，算得十分精準，買的都是那個年紀該穿的衣服。要是能讓她得到一點安慰也好，我便沒制止她，但還是該早點制止。如今內人會變成這樣，應該是當時沒整理好心情的緣故。現在她把每一個來到家裡的年輕女子，都看成是女兒。」

原來如此——亞沙子想起派出所警察的眼光。那個警察應該知道澄子的狀況。

「目前是您在照顧太太？」

亞沙子一問，行雄露出苦笑。

「在公司上班時，我什麼家事都沒做過，現在倒是樣樣都會。多年來都是內人在照顧我，就當是換我報恩。」行雄拿起茶杯，在送往嘴邊前，望向亞沙子。「光顧著談我，把妳的事往後推了。照彥怎麼了嗎？」

亞沙子原本要拿茶杯，又縮回手，低下頭。「其實……」

她一五一十說出至今的事，包括不生小孩的約定、她在加拿大自殺未遂，及回國後照彥匪夷所思的舉動。西野行雄帶著難過的神色，聆聽她的話。

「換句話說，妳認爲照彥的祕密，和二十年前那起命案有關，才來到這裡。」

亞沙子一說完，行雄便向她確認。她點點頭。

「原來如此。」

行雄雙臂環胸，臉微抬，閉上雙眼，彷彿在緬懷遙遠的過去。

「照彥和幸一啊。」他低聲喃喃，「他們都是好孩子。附近沒有年紀相近的小女孩，兩人常陪晴美玩。」

他的眼縫中滲出淚水。那一瞬間，亞沙子感覺他似乎也老了十多歲。

「啊啊，對了。給妳看看那個吧。」

他睜開眼站起，打開旁邊茶櫃的抽屜，取出幾十張明信片，全是照彥寄來的。看郵戳上的日期，從十幾年前一直持續到最近。其中一半是賀年卡和年中問候的明信片。

亞沙子看起最新的一張，是從加拿大寄出。她完全不曉得照彥曾寄明信片。

「您好嗎？我們十分適應這裡的生活，工作比在日本時輕鬆了些。不知叔叔和阿姨過得如何？希望阿姨能夠早日康復。前幾天我和內人去溫哥華，這張明信片就是在溫哥華買的……」

亞沙子想起丈夫買風景明信片的事。平常照彥不買這種東西，當時她還覺得奇怪。

「他們都是好孩子。」西野行雄瞇起眼，「一直很擔心我們。我們沒有孩子，相當感激他們的關懷。」

「外子他們到底隱瞞著什麼？」

亞沙子一問，西野陷入沉默，遲疑般眨好幾次眼。

電話鈴響，西野說聲「失禮」，起身去接聽。

等待的期間，亞沙子迅速瀏覽照彥寄的明信片。他的字四四方方，十分獨特。內容都不多，但必定會提到澄子。

西野回到原位。不知是不是亞沙子多想，總覺得他的表情比剛才和藹。

「眞有意思，說人人就到。電話是照彥打的，他想過來。」

「外子要來？」

亞沙子想站起，西野以笑容制止。

「用不著躲。況且，他也不會來。我約他在甲府車站附近的咖啡店碰面。幸一和他在一起，不過，我說今天想和照彥單獨碰面。」

亞沙子看著西野，不明白他的用意。

「妳替我去赴約。」西野提議，「他一定會很吃驚。去到店裡，妳要怎麼解釋都行。不過，你們不准再來這邊。妳要和他一起回東京。」

「可是——」

「回到東京後，」他拿出一封信，「把這個交給照彥。其實，我希望你們忍耐到加拿大，但要是不說清楚，他一定不肯答應，妳心裡也不會舒坦吧。」

「看了就會明白一切嗎？」亞沙子問。

「是啊，一切都會迎刃而解。」西野應道。

8

西野行雄指定的咖啡店，從亞沙子租車的地點走過去，很快就到達。還車後，她踏進那家店。

照彥在最裡面的桌位喝咖啡。一天沒見，亞沙子就覺得好久沒看到他。照彥望著入口。之所以沒發現她的靠近，應該是在等西野行雄吧。

亞沙子筆直走到他身邊，站在桌前。抬頭看到她的那一刻，照彥變得面無表情。那是無法掌握狀況的模樣。然後，他漸漸露出驚訝之色，吐出一句：

「亞沙子……」

「我可以坐這裡嗎？」她拉開對面的椅子問。

亞沙子把所有的事原原本本告訴照彥，唯獨沒提西野行雄交給她的信。包括跟蹤他、探查他的過去，全盤托出。以爲他會不高興，但他並沒有不愉快的樣子，只是有些沮喪。

「究竟是什麼在折磨你？你還是不肯告訴我？」

「要不了多久我就會說的，我一定會告訴妳。打一開始，就不該瞞著妳。」

她轉告西野要他們直接回東京的話，照彥眼中滿是不解。

「那麼，叔叔是不打算見我？」

「我想是這樣沒錯。」

於是，照彥的眼神不安地閃爍。西野行雄不願見他的事實，似乎令他極爲失望。

「爲什麼？他有沒有告訴妳原因？」

「沒有。可是，他說一切都會迎刃而解。」

照彥歪著頭苦思，顯然不明白西野的眞意。

離開咖啡店前，他去打電話。亞沙子以爲是打給西野，卻非如此。

「我聯絡過清水，跟他說我們要回去了。既然叔叔不想見我們，也沒辦法。改天再來吧。」

「改天……你是指回加拿大前嗎？」

亞沙子一問，他似乎苦於回答般咬住下唇，微微一點頭，低語：「是啊，在回加拿大前，一定要再來。」

他們搭中央本線的上行特急列車，並肩而坐。這種時候，照彥一定會讓亞沙子坐靠窗的位子。他坐在靠通道那一側，一直閉著雙眼不動。

亞沙子望著窗外，照彥的故鄉逐漸遠去。她只知道，二十年前，照彥在這片土地上失落一個重要的東西。

火車朝著東京疾馳，一路上兩人幾乎沒交談。就快到大月了。
「也許……」照彥對亞沙子說：「妳不該和我結婚。」
亞沙子詫異地看著他。
「爲何這麼說？」
「因爲我這麼覺得。現在回想，以不生小孩爲前提向妳求婚，本來就是錯的。害妳在加拿大那麼痛苦，是我沒盡到身爲丈夫的本分。」
「西野先生說，一切都會迎刃而解……」
照彥搖搖頭。
「叔叔不清楚我們的狀況。」
亞沙子拿出那封信。
「他要我交給你。其實，他吩咐我，等到東京再給你。」
「給我？」
照彥接過信，立刻打開，裡面裝著一張紙。亞沙子看得出那張紙很舊，處處泛黃。
「這是……」
照彥拿著那張紙的手微微顫抖。他抹抹臉，頻頻搖頭。
「原來……原來是這麼回事。」
「老公，怎麼了？」

亞沙子一問，他抬起充血泛紅的雙眼。

「我犯下大錯。這二十年，我們犯了愚蠢的錯誤。」

「老公……」

他起身取下架上的行李，對亞沙子說：

「下一站就下車，我們回甲府。無論如何，都要見叔叔一面。」

9

一到甲府車站，清水夫婦已在那裡等候。因爲照彥在大月打過電話。一見面，亞沙子與清水幸一交換初次見面的問候。他似乎從久美子口中得知一切，對她的出現並未感到驚訝。

「剛才你說的是眞的嗎？」

眞的，照彥回答。他遞出信。

看過裡面那張紙，幸一的反應和照彥一模一樣。明明接過電話，應該事先得知，卻仍說不出話。但亞沙子還是不曉得紙上寫些什麼，照彥只告訴她事後會解釋。

四人在車站前攔下計程車，前往西野家。除了坐在前座的照彥告訴司機怎麼走之外，誰也沒開口。

抵達西野家時，天空已染上暮色。照彥打開大門，揚聲呼喚。

西野行雄從屋內現身，似乎有些驚訝。很快地，那張臉上便露出慈和的笑容，以開玩笑的語氣說：「哎呀，這下全員到齊。」

「對不起。」亞沙子道歉。「還沒到東京，我就把那封信交給他。」

西野帶著笑容點頭，「不必道歉。」

「叔叔，」照彥上前一步，「必須道歉的是我們。不，我明白道歉也沒用……」

「哎，」西野攤開手，像是要安撫對方的心：「先進來吧，好久不見。」

佛壇中西野晴美的照片，如同久美子的描述，小臉宛若洋娃娃。大概是在調皮搗蛋時被拍下的吧，她的笑容中帶著些許難爲情。

四人依序上香。澄子端坐在佛壇旁，看著他們雙手合十。

最後離開佛壇的照彥，正座向西野夫妻深深行禮。

「心頭的大石放下了嗎？」西野輪流望著照彥和幸一。

照彥欲言又止，似乎不知該說什麼，接著面向亞沙子。「我必須向妳坦承一件事。西野晴美小妹妹，等於是我們殺的。」

亞沙子不禁屏住氣息，她身旁的久美子發出驚呼。

「照彥，不是這樣的。」

「不，請讓我說完。」照彥語氣強硬，然後舔舔嘴唇。「二十年前的那天，一個頭腦有問題的男人殺死晴美妹妹。那個男人爲什麼會去墓地、又是如何殺害晴美妹妹的，警方幾乎都查清楚了。其實，直到最後仍有一件事沒查出來。那就是，晴美妹妹當天出現在墓地的理由。」

亞沙子倒抽一口氣。確實如此，這一點久美子也沒提到。

「當然，警方不是沒針對這件事進行調查。爲了證明凶手的陳述，也有必要查明晴美妹妹的行動。可是，一直到最後，還是不清楚她爲何會去那個地方。」

「這件事……和你們有關？」久美子看著丈夫。

幸一微微點頭，回答：「對。」

「那一天，我們應該去山上抓蝴蝶。我和幸一，還有晴美妹妹，約定要一起去。三點在墓地後面集合──前一天是這樣約好的。」照彥鬆開領帶，頻頻以舌頭濡濕嘴唇。「可是，下雨了。」他面露苦澀，繼續道：「看那天色，顯然會下大雨。我和幸一在學校望著天空說，今天中止吧。但晴美妹妹不在場，我和幸一都以爲對方會跟她聯絡。」

「所以，晴美一直等？」

亞沙子問，照彥點點頭。

「她從約定的三點，一直等到四點、五點，然後那個男的出現……」

「是我們害死她。」幸一發出呻吟。

「不，在那種情況下，終究是我們做父母的失職。」西野沉重地開口。「四下變暗，我們才發現晴美不見。應該是說，我們一心以爲，晴美一定又跟誰玩在一起。待我們發覺情況不對，晴美已遇害。澄子會受到嚴重的打擊，就是自知失職的緣故。澄子比你們更相信是她害死晴美。」

「可是，我們撒了謊。」幸一出聲。「阿姨問我們知不知道晴美在哪裡，我們說不知道。事情似乎很嚴重，我們不敢說出放了晴美妹妹鴿子。如果那時我們立刻說出來，也許她就不會……是我太卑鄙膽小。」

「破案後，我和幸一的心情依舊沉重。這也是當然的，我們做了那種事，怎麼可能開心得起來。我們對叔叔和阿姨充滿愧疚。既然愧疚，坦承一切就好，我們卻缺乏勇氣。」

「你不生小孩，也是爲了補償？」亞沙子問。

「我知道這麼做根本無濟於事。」照彥應道，「可是，我們無法不懲罰自己。我們奪走叔叔和阿姨的孩子，沒資格擁有孩子。這是我和幸一共同的決定。」

「可是，看到我以那種方式試圖自殺，你爲了取消約定，才回到這裡？」

「我不希望結了婚，就害妳不幸，希望想出替代的懲罰。可是，跟幸一談過後，明白我們有多愚蠢。我們不過是在進行處罰遊戲，只是爲了減輕自身的罪惡感。在做這種事前，應該說出一切，向叔叔和阿姨道歉。這才是我們唯一該做的。」

「不過，沒那個必要了。」西野應道。「不久後，我就知道那天晴美和你們約好要一起去玩。可是，絕沒因此憎恨你們。眞的。每個人在童年時，都會歷經各種體驗。明明和大家約好，時間一到，卻發現只有自己一個人。這種經驗每個人都有啊，孩子就是這樣學習、成長的。」

「叔叔……」

「得知你們心裡有不必要的顧慮，我就在想，必須解開誤會，才把那封信交給亞沙子。」

「是啊……我很驚訝。」照彥取出信，攤開裡面的紙。

「晴美相當早熟，那時就開始寫日記。」西野解釋，「這是她在出事的前一天寫的。我們在抓到凶手不久後發現，考慮到案子已破，不必公開，便一直收著。」

「亞沙子給我看這封信後，我才明白叔叔早就曉得我們犯的錯。」

西野連連點頭。

亞沙子拿起那張紙。只見格式類似小學低年級作文用的稿紙，上面大大寫著：

「明天ㄧㄠ跟ㄓㄠˋ哥哥和ㄒㄧㄥˋ哥哥去ㄓㄨㄚ ㄏㄨˊ ㄉㄧㄝˊ。三ㄉㄢˇ。」

西野看著佛壇。

「第二十年，約定的人終於來了。晴美，眞是太好啦。」

於是，始終靜靜坐著的澄子也盈盈一笑，對照片裡的少女說：「晴美，眞是太好了。」

後記

這篇拙文其實是「藉口」，而非後記。

這次收錄的每一篇作品，以前都曾發表，卻未收錄在任何短篇集中。至於爲何會如此，每一篇原因各有不同。然而，都不是什麼理直氣壯的原因。簡單地說，篇篇都是「瑕疵品」。既然要出售這樣的商品，自然必須事先說明「瑕疵」何在。

〈謎中謎〉

這篇是在泡沫景氣頂盛時期寫的，作品中充滿泡沫氣息。由於當初發表的雜誌的出版公司倒閉，於是成爲孤兒，沒收錄在任何單行本中，擱著二十年。現在讀起來，已是時代小說。但這樣或許挺有趣的，這次便收錄進來。本書的書名《當時的某人》（あの頃の誰か）正是取自這篇作品。

〈REIKO與玲子〉

這篇作品與〈謎中謎〉刊登在同一本雜誌，所以，至今不見天日的原因也一樣，但我對內容有些不滿意的地方。這次改動最多的就是本篇。

〈重生術〉

重讀後，我也納悶為何從未收錄在任何短篇集中。這是我相當喜歡的作品。一查之下，最初是發表在雜誌《問題小說 九四年三月號》。我上一部非系列作品的短篇小說集，是九四年二月出版的《怪人們》，想來是沒趕上那次，所以一直沒有收錄的機會。

〈再見，「爸爸」〉

要不要收錄這篇，我非常猶豫。這是我的長篇作品《祕密》的原型。正因有所不滿，才重新寫成長篇。這樣的作品能作為商品推出嗎？我很煩惱。但責任編輯認為「當成獨立作品來看，也滿有意思」，他的這番意見，及丹尼爾．凱斯的《獻給阿爾吉儂的花束》的短篇版本亦收錄於短篇集中，兩者給了我力量，讓我鼓起勇氣決定收錄。

〈名偵探退場〉

以前有個年輕作家團體叫「雨之會」，井澤元彥先生和大澤在昌先生算是頭頭，當時剛出道的宮部美幸小姐也加入。大家約定要提供未發表的短篇製作合集，最後推出《我愛推理》和《還是愛推理》兩書。本篇就收錄在《還是愛推理》中。那時我常去看「劇團四季」的公演，受到《黑色遊戲》（*Sleuth*）的啓發寫下這一篇，主角的姓氏便是直接抄來的。因爲這篇作品，讓我想寫出對名偵探的嘲諷，於是「天下一系列」，即《名偵探的守則》應運而生。還有一則小小閒話，在拙作《新參者》中，有一幕是年輕演員在演戲，演的就是本篇開頭的部分。

〈女人與老虎〉

有一個企畫是將某位作家隨意想到的句子或詞語當成篇名，請另一位作家寫一篇小說。出版社的花樣實在很多，換成是現在，我應該絕不會答應。我拿到的，是太田忠司先生提出的〈女人與老虎〉這個題目。我想約莫還算順利，但如果不曉得「老虎」的另一個意思，大概會不懂結局的哏。

〈好想睡，不想死〉

寫這篇時的情境我記憶猶新。其實我已交另一個短篇給編輯部，但我就是不滿意，到了距離截稿只剩幾小時的階段，緊急請編輯部讓我寫另一篇完全不同的作品。我熬夜到天亮，又不能去睡，正是我當下的心境。由於和〈女人與老虎〉一樣，也是推理短篇，之前並無收錄的機會。

〈第二十年的約定〉

從某個角度來看，這篇恐怕是最大的「瑕疵品」吧。完成時我就不喜歡，不曾重讀。從未收入短篇集，也是在心裡歸爲劣作的緣故。但責任編輯不厭其煩地強調「不認爲這麼差」，我才不情不願重看。的確，沒那麼差。回想當初不滿意的原因，似乎是故事沒按預定的設計走的關係。當時的我，堅信推理小說就該那樣寫。還有，篇名取得不好。大概是對作品不滿意，隨便取的吧，毫無意趣可言。儘管覺得對不起讀者，仍直接沿用舊篇名，引以爲戒。

※本文涉及小說情節，未看正文者請慎入

解說

三十多年的微縮膠卷

寵物先生

現今在台灣提起東野圭吾這位作家，幾乎可用「家喻戶曉」四字形容，不僅代表作《解憂雜貨店》在書店銷售排行榜高懸已久，只要出書便是再版保證。其作品改編的電影、電視劇在影劇迷之間廣泛討論，筆下偵探加賀恭一郎、湯川學等人也透過明星們的詮釋，形象深植人心。

二〇一二年富士電視台製作的劇集「東野圭吾推理劇場」，以東野創作的短篇為藍本，請來唐澤壽明、松下奈緒、反町隆史、長澤雅美、戶田惠梨香、三浦春馬、廣末涼子等一線大咖飾演，非系列的短篇故事能有這種待遇，作者的知名度可想而知。該劇集共分十一回，有四回是從你現在手上這本《當時的某人》中的故事改編而來（*1），分別是第四回〈REIKO與玲子〉、第六回〈謎中謎〉、第十回〈第二十年的約定〉與最終回的〈重生術〉。

隨著在台譯介的作品數量增加，讀者逐漸明白東野並不是可以從單一面向解讀的作家。你可能因為日劇《白夜行》而開始閱讀原著，陸續接觸《幻夜》、《聖女的救贖》等作，對他書寫「魔性之女」的偏執感到好奇；也可能因為福山雅治對其筆下的《偵探伽利略》產生興趣，進而得知他是理工出身，還寫過不少像是《天空之蜂》、《分身》、《白金數據》等以科技、醫療、環保為議題的小說。

另一方面，出身大阪的他有著關西人獨特的搞笑功力，從《名偵探的守則》、《超‧殺人事件》的吐槽趣味，乃至《怪笑小說》一系列以黑色幽默為基底的短篇故事，都令讀者愛不釋手。當然，你也可能因為東野開始走紅後，陸續有出版社看中的那些早期作品如《白馬山莊殺人事件》、《迴廊亭殺人事件》感到疑惑，因為那實在不像現在的東野。然而，對於讀過《惡意》、《綁架遊戲》，甚至是出道作《放學後》的老推理迷們，早已對他這種小巧精緻、輔以「逆轉」當佐料的本格解謎風格瞭然於胸。

正因如此，當他寫出《解憂雜貨店》這種帶有濃厚人情味的作品時，說讓讀者意外也不是太意外，畢竟走溫情路線雖然是他風格上的轉變，但「轉變」本身就是他的風格。過去的老讀者因為《推理》雜誌上東野的短篇（*2）領域較為豐富廣泛，便稱其為「百變作家」。時至今日，東野早已蛻變為「千變作家」了吧！

不過，說東野一直在「變」倒也不盡然。若追尋早期創作的蛛絲馬跡，會發現我們現今對他形形色色的風格印象，在過去便悄然成型。那些日後的名作，有許多即是他前期創作概念的集大成，水到渠成罷了。

本書《當時的某人》收錄的八篇作品多發表於九〇年代初、中期，正是他自一九八五年出道後的五至十年間，也是作家走入職業後，對創作理念有一定想法的時期。是以透過這些短篇的集成，讀者得以探究東野這位「千變作家」在三十多年的創作軌跡下，遺留下來諸多概念的線索。

其中最為明顯的，就是本書第四作〈再見，「爸爸」〉。想必有不少讀者即便沒看出來，也會對本篇有濃厚的既視感——這正是日後改寫為長篇，並由小林薰、廣末涼子擔綱主演電影，名為《祕密》的名作之雛型。遙想當時台灣的上映宣傳詞：「妻子的靈魂，女兒的身體，父親該如何與『她』共處？」這樣的構想有些刺激，又有些驚世駭俗，以此延伸的父女關係之情感矛盾，及背後的女性心思，更是該書的主題。對比重構前後的短、長篇兩作，應能體會到東野對自己的題材處理，有著「這樣還不夠！」如此迫切精進、努力挖掘的心。

*1 其餘故事出自另兩部短篇集《沒有凶手的殺人夜》（犯人のいない殺人の夜）與《怪人們》（怪しい人びと）。

*2 當時翻譯的作品大多出自《浪花少年偵探團》、《再一個謊言》與前述所提的短篇集。

提到女性心理，東野的男女觀是有時會被讀者提出來討論的一環。相較《白夜行》、《嫌疑犯X的獻身》裡描寫的那股深沉、病態般的執著，他早期筆下的都會男女就顯得稍微「正常」些，不過角色個性中流露的「男人的一廂情願」，及從男性視點下「看不透的危險女性」，此類元素仍俯拾即是。短篇〈REIKO與玲子〉、〈重生術〉描寫的女性都有那麼一點味道，這兩篇恰好也牽涉到一些議題，如精神不能者在刑法上的適用性、精子冷凍保存的技術，及代理孕母等。足看出東野當時已有將小說結合社會話題的寫作嘗試。

至於首篇向卡萊・葛倫與奧黛麗・赫本主演的名片致敬（*1）的〈謎中謎〉，則是東野早期身處泡沫經濟的社會氛圍下，創作出的另一種女性類型——趾高氣昂、完全的拜金主義。作中所提的朱莉安娜、GOLD都是當時代表性的迪斯可舞廳，角色對話間不時流露出的紙醉金迷氣息，讀過東野另一部作品《以眨眼乾杯》的讀者或可體會。雖說充滿濃厚的時代感，但本作蘊含的小巧字謎詭計，恰代表東野早期的本格趣味，也正是他日後在《名偵探的枷鎖》中藉角色之口，打算與之惜別的「推理樂園」。

正是對本格推理的熱愛，才寫得出窮究本格的致意作《名偵探的守則》。然而，早在《守則》出版的六年前，東野即發表本書第五篇〈名偵探退場〉，及日後成爲《守則》序章的極短篇〈配角的憂鬱〉。這兩篇以揶揄的形式，分別探究偵探與助手在古典推理中的約定俗成，刨挖解構一番。在得到幾位作家的好評後，東野才開始撰寫「名偵探天下一」的系列短篇。說〈退場〉孕育日後的《守則》，眞是一點也不爲過。

而《守則》那帶點寫實的諷諭形式，成為日後《超．殺人事件》的創作能量，到了《怪笑小說》又加入黑色幽默。至於與《怪笑》同期發表，本書收錄的另一短篇〈好想睡，不想死〉亦可看出東野在這方面的潛力。據本人在後記中所言，這是他在截稿數小時前撤回原稿，重寫的另一篇全新作品。在瀕臨極限的狀態下，書寫作中人物的另一種極限狀態，不禁讓讀者懷疑，篇名是否代表他當時的心境呢？著實令人莞爾。

〈女人與老虎〉則可看出他對於「哏」的運用。該篇原本出自「將某作家隨興想出的篇名，交給另一作家來寫」這種遊戲性質的雜誌企畫，東野依然處理自如。本篇提及的古代刑罰，出自美國作家Frank R. Stockton的極短篇〈淑女還是老虎？〉，作者結合日文中的另一語彙哏（*2），寫成符合主題的趣味極短篇。

最後一篇〈第二十年的約定〉是個開場帶點懸疑，結尾富有人情味的故事。儘管或有因篇幅限制，導致部分段落描寫不足的問題，試著想像若東野改寫成長篇，會是什麼樣子？雖然沒有一定的解答，但東野的另一部類似風格的作品，剛好提供我們足夠的想像：

*1 女主角彌生那句「我朋友太多，得要有人死了才有空缺」即為赫本的知名台詞。

*2 「虎」、「大虎」在日文有「醉漢」、「酒鬼」的意思。本篇日文題名為〈虎も女も〉，同樣指虎、女人兼得，卻與讀者所見之中譯語意有所不同。

那是描述三名年輕人，帶著偷來的東西躲進一家廢棄雜貨店的故事，同樣有懸疑、有感人至深的人情，時空還從二十年拉長為三十年——這部膾炙人口的傑作，正是本文開頭提到的《解憂雜貨店》。

看到這兒，你還認為東野圭吾是「千變作家」嗎？在每部看似轉變風格的傑作之前，必定留有作家蛻變的前兆，儘管那可能只是名不見經傳的一部短篇、一則段落，甚至僅是一句對白，也往往是作家思想的一段微縮膠卷。想眞正瞭解一位作家，在閱讀指標性長篇之外，不妨試試他們的短篇集，或許你會驚奇地發現，作家的核心理念一直沒有變。

因為理念就在那兒。

本文作者介紹

寵物先生，本名王建閔，台灣推理作家協會會員。以《虛擬街頭漂流記》獲第一屆島田莊司推理小說獎首獎，另著有長篇《追捕銅鑼衛門：謀殺在雲端》、《S.T.E.P.》（與陳浩基合著）。

國家圖書館出版品預行編目資料

當時的某人／東野圭吾著；劉姿君譯. -- 初版. - 台北市：獨步文化：家庭傳媒城邦分公司發行，2018〔民107〕
面；　公分. --（東野圭吾作品集；41）
譯自：あの頃の誰か
ISBN 978-986-95724-3-9（平裝）

861.57　　106023066

東野圭吾作品集41　當時的某人

原著書名／あの頃の誰か
原出版社／光文社
作　　者／東野圭吾
翻　　譯／劉姿君
責任編輯／陳盈竹
編輯總監／劉麗真
總 經 理／陳逸瑛
榮譽社長／詹宏志
發 行 人／凃玉雲
出　　版／獨步文化
城邦文化事業股份有限公司
104台北市中山區民生東路二段141號5樓
電話：(02) 2500-7696　傳真：(02) 2500-1967
發　　行／英屬蓋曼群島商家庭傳媒股份有限公司
城邦分公司
104台北市中山區民生東路二段141號2樓
讀者服務專線：(02) 2500-7718; 2500-7719
24小時傳真服務：(02) 2500-1990; 2500-1991
服務時間：週一至週五上午09：30-12：00；下午13：30-17：00
讀者服務信箱E-mail：service@readingclub.com.tw
劃撥帳號／19863813
戶　　名／書虫股份有限公司
香港發行所／城邦（香港）出版集團有限公司
香港灣仔駱克道193號東超商業中心1樓
電話：(852) 25086231　傳真：(852) 25789337
E-mail: hkcite@biznetvigator.com
馬新發行所／城邦（馬新）出版集團【Cite (M) Sdn Bhd.】
41, Jalan Radin Anum, Bandar Baru Sri Petaling,
57000 Kuala Lumpur, Malaysia.
電話：(603)90578822　傳真：(603)90576622
E-mail:cite@cite.com.my
排　　版／游淑萍
封面設計／高偉哲
印　　刷／中原造像股份有限公司
□2018年（民107）1月初版
□2019年（民108）1月17日初版十三刷
售價／320元

Printed in Taiwan
ISBN 978-986-95724-3-9

城邦讀書花園
www.cite.com.tw

獨步文化
APEX PRESS

廣 告 回 函
北區郵政管理登記證
台北廣字第000791號
郵資已付，免貼郵票

104台北市民生東路二段 141 號 2 樓

英屬蓋曼群島商家庭傳媒股份有限公司

城邦分公司

請沿虛線對摺，謝謝！

獨步文化
APEX PRESS

書號: 1UE041	**書名**: 當時的某人	**編碼**:

請於此處用膠水黏貼

獨步文化 APEX PRESS

讀者回函卡

謝謝您購買我們出版的書籍！

請費心填寫此回函卡，我們將不定期寄上城邦集團最新的出版訊息。

姓名：＿＿＿＿＿＿＿＿ 性別：□男 □女

生日：西元＿＿＿＿年＿＿＿＿月＿＿＿＿日

地址：＿＿＿＿＿＿＿＿

聯絡電話：＿＿＿＿＿＿＿＿ 傳真：＿＿＿＿＿＿＿＿

E-mail：＿＿＿＿＿＿＿＿

學歷：□1.小學 □2.國中 □3.高中 □4.大專 □5.研究所以上

職業：□1.學生 □2.軍公教 □3.服務 □4.金融 □5.製造 □6.資訊
□7.傳播 □8.自由業 □9.農漁牧 □10.家管 □11.退休
□12.其他＿＿＿＿＿＿＿＿

您從何種方式得知本書消息？

□1.書店 □2.網路 □3.報紙 □4.雜誌 □5.廣播 □6.電視
□7.親友推薦 □8.其他＿＿＿＿＿＿＿＿

您通常以何種方式購書？

□1.書店 □2.網路 □3.傳真訂購 □4.郵局劃撥 □5.其他

您喜歡閱讀哪些類別的書籍？

□1.財經商業 □2.自然科學 □3.歷史 □4.法律 □5.文學
□6.休閒旅遊 □7.小說 □8.人物傳記 □9.生活、勵志 □10.其他

對我們的建議：＿＿＿＿＿＿＿＿

＿＿＿＿＿＿＿＿

＿＿＿＿＿＿＿＿

為提供訂購、行銷、客戶管理或其他合於營業登記項目或章程所定業務需要之目的，家庭傳媒集團（即英屬蓋曼群島商家庭傳媒股份有限公司城邦分公司、城邦文化事業股份有限公司、書虫股份有限公司、墨刻出版股份有限公司、城邦原創股份有限公司），於本集團之營運期間及地區內，將以mail、傳真、電話、簡訊、郵寄或其他公告方式利用您提供之資料（資料類別：C001、C002、C003、C011等）。利用對象除本集團外，亦可能包括相關服務的協力機構。如您有依個資法第三條或其他需服務之處，得洽詢本公司服務信箱cite_apexpress@cite.com.tw請求協助。相關資料不提供亦不影響您的權益。

□我已詳讀權利義務之相關條款，並同意遵守。

請於此處用膠水黏貼

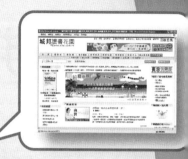

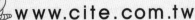

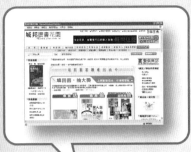